톨스토이와
함께 하는 사계절
Lev Nikolaevich Tolstoi

봄

톨스토이와 함께 하는 사계절 : 봄 / 레프 리콜라예비치
톨스토이 지음 ; 신윤표 옮김. -- 서울 : 산수야, 2003
288p. ; 22.5cm

원저자명: Tolstoi, Lev Nikolaevich
ISBN  89-8097-049-8 04890 : ₩8,500
ISBN  89-8097-065-X (전4권)

199.8-KDC4
179.7-DDC21                          CIP2003000281

# 톨스토이와
# 함께 하는 사계절

레프 니콜라예비치 톨스토이 지음 | 신윤표 옮김

# 봄

산수야

## 톨스토이와 함께 하는 사계절 - 봄

레프 니콜라예비치 톨스토이 지음 | 신윤표 옮김

초판 1쇄 인쇄  2003년 3월 20일
초판 1쇄 발행  2003년 3월 25일

펴낸이 · 권윤삼 | 펴낸곳 · 도서출판 산수야
출판 등록 · 1993년 4월 30일 제1-1515호
주소 · (121-230) 서울시 마포구 망원동 472-19호
전화 · 02-332-9655 | 팩스 · 02-335-0674

값 · 8,500원

ISBN  89-8097-049-8      04890
ISBN  89-8097-065-X      (전4권)

독자의 의견을 소중하게 생각합니다.
e-mail : sansuya@chollian.net

＊잘못된 책은 바꾸어 드립니다.

# 머리말

이 책에 실은 사상들은 많은 작품과 사상서(思想書)에서 내가 추려 모은 것이다. 내용 중에 출처를 밝히지 않은 것은 작자미상의 책에서 뽑은 것이거나 내가 쓴 것이다. 그 외의 것에는 작자명을 적어 놓았다.

그러나 내가 이 책에 옮겨 적을 때 어떤 문장에서 뽑은 것인지 정확히 알지 못하는 것들도 있다. 또한 가끔 작자의 사상을 원서(原書)가 아닌 외국어로 번역된 것에서 다시 중역(重譯)한 것도 있다. 그러한 경우에는 원문 그대로의 원형과 완전히 일치하지는 않는다.

그것은 긴 사색의 흐름에서 부분적인 사상만을 골라내기 위해, 그리고 인상의 명확성과 통일성을 위하여 어떤 말이나 명제(命題)를 삭제하거나 또는 다른 말로 바꾸어 놓거나, 나 자신의 말로 대치하기도 했기 때문이다. 본문 중에 출처와 작자의 이름을 정확히 밝히지 못한 것과 완벽한 번역이 이루어지지 못한 점에 대해 독자 여러분은 양해해주기 바란다.

이 책의 중요한 목적은 저술가들의 작품이나 사상을 정확히 번역하려는데 있는 것이 아니라, 동서고금 여러 사상가들의 위대하고 풍부한 철학을 이용하여 많은 독자에게 보다 좋은 사상과 감정을 일깨워주기 위하여 매일매일의 금언을 제공하는 데 있다.

　나는 독자 여러분이 날마다 이 책을 읽음으로써, 내가 이 책을 엮을 때에 경험했고, 또 다시 읽을 때마다 새롭게 경험하고 있는 유익하고 고귀한 감정을 경험해 주었으면 하고 바란다.


1908년 4월
야스나야 폴랴나에서
레프 톨스토이

## 톨스토이와 함께 하는 사계절을 발행하며

　톨스토이는 세계적으로 수많은 독자를 가지고 있으며 도스토예프스키와 더불어 러시아 최고의 작가로 인정받고 있다. 그가 노작으로 탄생시킨 인생지침서인 『인생독본』은 그 분량이 방대해 독자 여러분들이 쉽게 접할 수 있도록 계절별로 나누어 탄생하게 되었다. 인생독본을 완역하는 과정이 힘겨워 혹시나 하는 걱정이 앞서기도 했으나 인간성 상실, 상호불신, 중심을 잃은 현대인, 이기주의가 팽배한 오늘날에 있어서 어둠 속을 비추는 한줄기 빛처럼 인생의 궁극적인 문제에 해답을 주고, 일상생활의 청량제 역할과 등대 구실을 해준다는 가치를 알기에 끝까지 매진하게 되었다.

　대문호 톨스토이의 사상과 도덕성을 총집약한 인생독본은 민중신앙으로서의 그리스도교, 무저항주의, 반국가, 반문명, 반토지사유론, 이웃에 대한 사랑, 선과 악, 죽음과 삶의 의의 등이 특유의 설득력과 함께 알기 쉽게 풀이되고 있다. 특히 동서고금의 성현·철인들의 사상과 교훈들은 톨스토이즘에 맞게 정리되고 흡수·동화되어 절대적인 진리로 빛을 발하고 있다. 이것이 『인생독본』의 가치이다. 인생독본은 『톨스토이 인생독본 완역판』-산수야출판사발행-에서 만날 수 있다. 어떤 선택을 하더라도 톨스토이의 기본 철학을 이해하고 자기를 되돌아 볼 수만 있다면 산수야출판사는 표현할 수 없는 큰 보람으로 생각할 것이다.

도서출판 산수야

발행인 권윤삼

# Contents

# 3월
## *March*

# Contents

# 4월
## April

# Contents

# 5월
## May

Lev Nikolaevich Tolstoi

# 3월

## *March*

### *spring*

## 3월 1일 죽음을 두려워하는 것

    죽음을 두려워하는 것은 어리석은 일이며, 죽음에 대한 공포는 죄로 인한 것이다.

### 1

    삶에 대해 큰 가치를 느꼈던 사람은 무엇보다 죽음을 두려워하지 않는다.

            – 칸트

### 2

    인간은 누구나 더 오래 살고 싶어한다. 그리고 병이 들거나 고통을 겪거나 죽는 사람을 보면서 또 하나의 세계를 인식하는 것을 두려워한다. 인간으로 하여금 이런 일에 대하여 깊이 사색하도록 하려면 종교의 힘이 필요하다.

            – 라 브뤼예르

## 3

삶의 가치를 알지 못하는 자가 죽음을 두려워하는 것이다.

                                             – *제이메*

## 4

죽음이란 개인주의 상태로부터 해방되는 순간이다. 개인주의 야말로 인간의 본질을 병들게 하는 것이라고 생각해야 한다. 이 죽음의 순간에 참된 자유가 새로이 찾아오는 것이다. 모든 착한 자의 죽음이 평온한 이유가 여기에 있다. 그러나 삶을 버린 자는 희열을 가지고 죽는 특권을 누리지 못한다. 왜냐하면 자살하는 자는 그저 현실 도피를 할 뿐, 영원한 미래까지 존속하기를 원치 않기 때문이다.

                                    – *쇼펜하우어*

## 5

만일 인생에 대해 냉정하게 판단할 수 있고, 올바른 사고방식으로 생각할 수 있다면 다음과 같은 결론에 도달할 것이다. 즉 죽음이라고 부르는 육체적 변화는 모든 생명체 사이에서 끊임없이 일어나고 있는 것이다. 그러므로 조금도 불쾌하거나 두려워할 이유가 없다.

## 6

인생을 벌(罰)이라고 생각한 성자들도 많았다. 그러나 죽음을 벌이라고 생각하는 자는 그 누구도 없었다.       – *레싱*

밤이 오고 겨울이 오는 것처럼, 죽음은 확실하고 피할 수 없는
인생의 과정이다. 그런데 우리들은 밤이나 겨울은 대비하면서,
왜 죽음에 대해서는 대비하지 않는가?
죽음에 대한 대비는 오직 착한 인생을 사는 길밖에 없다.
성자에게는 죽음이란 존재하지 않는다.

## 3월 2일 신의 의지와 인간의 의지

인간은 자기의 의지와 신의 의지를 어느 정도 일치시
킬 수 있느냐에 따라서, 스스로의 나아갈 길에 대해 다른 사람
과 비교하여 자신의 의지가 얼마나 확고한지를 알 수 있다.

## 1

말(馬)이 무엇을 싣고, 어느 방향으로 가는지 전혀 알지 못하
는 것 같이, 신이 우리에게 무엇을 원하고 있는지 우리로서는 알
수 없다. 그러나 말이 온순하게 주인을 따른다면, 자기가 주인을
위해서 일하고 있다는 것을 알게 되어 마음이 편안해질 것이다.
그때에는 '나의 멍에는 행복하고, 나의 짐은 가볍도다' 라고 느
끼게 될 것이다.

## 2

그대가 신의 뜻을 자기의 의지로 받아들여 이룰 때, 신은 그대의 의지를 신의 뜻이라 생각하고 이루어주실 것이다. 그대의 욕망이 신의 욕망과 조화되도록 행한다면, 신은 다른 사람들의 욕망이 그대의 욕망과 조화되도록 할 것이다.

— 탈무드

## 3

영원의 운명이여! 보이지 않는 걸음으로 걸어라. 그 보이지 않는 발자취만을 나는 의심하지 않는다. 설령 그 걸음이 뒷걸음치듯 보일 때에도 나는 그것을 의심하지 않는다.

— 레싱

## 4

우리의 인생은 자기의 것이 아니라 신의 것이며, 인생의 목적은 인간이 아니라 신의 뜻 속에 있다는 것, 그렇기 때문에 신의 뜻을 알고 그것을 실천함이 필요하다는 것을 분명하게 이해했을 때에만 인생이 그의 소유가 된다는 것, 그것이 그리스도의 가르침이다.

## 5

아무 것도 바라지 않는 것만큼 강한 힘은 없다. 그러나 이것은 필요한 것이 못된다. 필요한 것은 오직 신께서 원하는 것을 간구하는 것이다.

즉 자기 부정으로부터 자기 희생으로 변해 가는 것이다.

*– 아미엘*

# 6

자신의 처지를 비관하지 말라. 어떤 처지에서도 그대는 행동하고, 고민하고, 승리를 해야 한다. 이 땅의 어느 곳에서도 우리모두는 하늘에 가깝고 영원에 가까운 것이다. *– 아미엘*

신의 뜻이란 좁은 길이다. 우리들은 신의 뜻을 늪지에 걸린다리처럼 쉽게 알 수 있다. 그럼에도 불구하고 길을 잃는 것은우리들이 무지하거나, 악의 늪에 빠져 있기 때문이다.

## 3월 3일 정신과 육체

인간이 젊고 그 생각도 젊을수록 물질적 현실을 굳게믿는다. 그러나 나이 들고 지혜가 깊어 가면 갈수록, 이 세상의기초를 정신적인 것으로 인정하게 된다.

# 1

가능하다면 항상 다음과 같은 일을 마음에 새겨 두어야 한다.즉 우리의 진실한 삶은 눈 앞에 전개되는 외면적이고 물질적인생활이 아니라 정신의 내면적인 삶이라는 것을……

## 2

하늘을 우러르고, 땅을 굽어보고 그리고 생각하라. 모든 것은 지나가고 산도 물도 지나가는 것이다. 인생의 온갖 형상도 자연의 산물도 모두 지나가는 것이다. 그대의 마음이 그 같은 경지에 이르는 순간 광명이 비치기 시작할 것이다.

— 불경

## 3

이 세상에서 가장 강한 것은 보이지 않고 들리지도 않으며 만져볼 수도 없는 것이다.

— 노자

## 4

죽음이란 그대가 죽는 것이 아니라, 그대의 육체가 죽는 것임을 믿도록 힘쓰라. 그대는 그대의 육체가 나타내는 그러한 모습의 인간이 아니다. 그대의 본질은 정신이다. 이는 손가락으로 가리킬 수 있는 그런 것이 아니다. 그러므로 그대는 신에게 속한 존재라는 것을 인식하라. 정신은 육체를 움직이고, 느끼고, 기억하고, 예견하고, 지배하고 있음을 인식하라. 정신은 마치 신이 세계에 군림하고 계시듯, 육체 위에 군림하고 있는 것이다. 그리고 영원한 신이 세계를 이끌고 있듯이 불멸의 정신이 그대의 약한 육체를 이끌고 있는 것이다.

— 키케로

육체를 참으로 실재하는 중요한 존재라고 인정하는 것은
감정의 기만이다. 인간은 감정의 기만에서 벗어날 때,
자신의 참된 사명을 깨닫고 그것을 완성할 수 있는 것이다.

## 3월 4일 폭식

과식이나 폭식–식사에서의 무절제는 가장 일반적인
죄악이다. 그러면서도 우리들은 그 죄악을 깨닫지 못하고 있다.
그것은 누구나 그 죄를 범하고 있기 때문이다.

### 1

식욕이 없다면 한 마리의 고기도 그물에 걸리지 않을 것이며,
어부도 그물을 내리지 않을 것이다. 식욕은 손을 묶은 쇠고랑이
며, 발을 붙들어 매는 쇠사슬이기도 하다. 식욕의 노예가 되는
자는 신을 믿기가 어렵다.                              – 사디

### 2

소크라테스는 모든 사치품을 쉽게 물리칠 수 있었다. 그것은
평범한 인간에게는 매우 어려운 일이다. 그는 자기를 본받을 줄
모르는 자, 식욕의 유혹을 뿌리치지 못한 자, 미각을 돋우는 음
료에 갈증을 느끼는 자들에게 설교했다. 그는 육체, 두뇌 그리고

정신에는 이보다 더 해로운 것은 없다고 역설했다.

시세루—오디세이에 나오는 마녀—가 이러한 인간을 돼지로 바꾸어 버리는 마술을 하고 있었을 때, 우리스가 그러한 파멸을 피했던 방법은 오직 식욕의 향락을 용서치 않은 멜큐리의 양심과 절제를 배우는 것이었다.

## 3

신은 인간에게 먹을 것을 보내 주지만 악마는 요리사를 보내 준다.

## 4

육체가 지적인 일로 고통을 받는 것은 선이나, 지적인 힘이 육체적인 욕정 때문에 괴로움을 받을 때는 악이다.

— 탈무드

## 5

입을 조심하라. 병은 입을 통해 들어간다. 그대가 식탁에서 일어날 때에는 조금만 더 먹었으면 하고 생각했을 때이다.

식욕에 대한 무절제가 죄악이라고 생각하는 사람은 많지 않다.
그것은 남에게 뚜렷한 해를 끼치지 않기 때문이다.
그러나 인간의 존엄성에 위배되는 까닭에 죄악이 되는 것이다.
음식에 있어서 무절제는 죄악 중 하나이다.

## 3월 5일 이 세상에서의 사명

우리들은 인생을 단지 여기, 이 세상만으로 인식하고 있다. 그러므로 우리들의 인생에 의의가 있다면 그것은 바로 여기, 이 세상에 있는 것이다.

### 1

사람들 속에서 시달리면서 현세적인 목적만을 위해 사는 자에게는 편안함이 없다. 또 고독하게 정신적인 목적만을 위해 살고 있는 자 역시 편안함이 없다. 사람들 속에 시달리면서 신에게 봉사하며 사는 자만이 평안함을 얻는다.

### 2

살기 싫다고 죽음을 희망해서는 안된다. 모든 인간이 지고 있는 세상의 도덕적인 무거운 짐이 그들에게 사명을 다하도록 강요하는 것이다. 이 무거운 짐에서 벗어나는 유일한 길은 자신의 사명을 완수하는 데 있다.

– 에머슨

### 3

인생은 고뇌(苦惱)도 아니고, 향락(享樂)도 아니다. 그것은 우리들이 완수해야 할 의무가 주어진 사업이다. 그것은 정직하게 끝까지 완수해야 할 사업이다. – 토크빌

# 4

어떠한 경우에도 의무나 이상이 없는 경우란 없다. 그대가 지금 처해 있는 이 불행하고 경멸해야 할 현실 속에 바로 그대의 이상이 있다. 그것을 깨닫고 그것에 대해 믿으며 살라. 그렇게 한다면 그대에게 자유가 오리라. 이상(理想)은 그대에게 있다. 그것에 대한 방해도 그대 속에 있다. 그대의 환경은 그대의 이상을 실현할 재료이다. 재료가 어떤 것이든, 그대가 그것에 어떤 형태를 주든지 마찬가지이다. 그대는 현실의 처지와 결합하면서 고민하고, 자기가 지배하며 이끌어갈 수 있는 왕국을 신에게 슬픈 표정으로 애원하고 있다. 그대가 얻고자 원하는 것은 이미 얻어진 것들이다.

— 칼라일

바로 여기, 이 세상이 우리들이 봉사해야 할 고장이다.
그러므로 현세에서의 봉사를 완수하기 위하여
우리들은 전력을 다하여야 한다.

## 3월 6일 신에 대한 사랑

신을 향한 사랑은 곧 완성에 대한 사랑이다. 완성에 대한 사랑은 완성에 대한 노력이라고 불러도 좋다. 완성에 대한 노력이 인생의 본질이다. 그러므로 인간의 생활은 의식적이든 무의식적이든 신에 대한 사랑을 나타내는 것이다.

## 1

예수 그리스도를 시험하려던 한 율법사가 이렇게 물었다.

"랍비시여! 율법 중에 어느 계명이 가장 크옵니까?"

예수께서 가라사대, "네 마음을 다하고 뜻을 다하여 주 너희 하나님을 사랑하라 하셨으니, 이것이 크고 첫째 되는 계명이요. 둘째는 그와 같으니 네 이웃을 네 몸과 같이 사랑하라 하셨으니 이 두 계명이 온 율법과 선지자의 강령이니라."

– 성경

## 2

온갖 불행과 정신적 고민의 원인은 과연 무엇인가? 그것은 오직 물질에 대한 애착과 불가능한 것을 소유하고자 하는 욕심에 그 원인이 있다. 왜냐하면 모든 욕망은 끊임없이 변해 가는 것이기 때문이다. 사람들은 자기가 갖고 싶다고 생각하는 것에 마음을 빼앗기고 고민하고 있다. 이 때문에 사람들이 서로 적이 되고, 해치고, 의심하는 것이다. 그것은 결코 충족되지 않기에 더욱 애착을 느끼는 것이다.

오직 영원하고 무궁한 것에 대한 사랑만이 우리들의 정신에 순수한 기쁨을 가져온다. 그러므로 우리들의 최대의 행복은 신의 인식 속에만 달려 있다. 그것은 신을 지고(至高)의 행복으로서 사랑하는 것, 즉 죄에 대한 두려움으로 인해 신을 사랑하는 것이 아니라, 신이 우리들의 최대 행복을 성립시키고 있다는 것을 깨닫는 데서 신을 사랑하는 것이다. 그러므로 신에 대한 사랑은 우리들의 모든 행위가 다달아야 할 최종의 목적이다.

우리들이 신의 법칙을 주의 깊게 살펴보면, 첫째는 그 법칙이 우주적인 것이라는 것, 즉 모든 사람에게 공통된 것임을 알 수 있을 것이다. 그것은 모든 인간의 본성에서 나오기 때문이다.

둘째로 그 법칙이 어떠한 역사적 현상에 의해서도 증명될 필요가 없음을 알 수 있다. 왜냐하면 그 법칙은 인간의 본성, 아담의 마음 속에서 또는 모든 사람의 마음 속에서 찾아볼 수 있기 때문이다.

셋째로 신을 사랑하는 자연의 법칙은, 우리들로부터 모든 관습적인 힘이나 행동 등 무엇 하나도 요구하지 않음을 알 수 있다. 왜냐하면 이것은 우리들 속에 있는 참된 지혜의 빛이기 때문이다. 그리고 우리들이 그것을 이해하고 있든 말든, 그 자체로써 행복을 얻는 좋은 수단이기 때문이다.

넷째로는 신의 법칙을 이루는 데 대한 보상은 그 자체, 즉 신에 대한 인식과 순수한 자유, 변치 않는 사랑임을 알 수 있을 것이다. 그리고 신의 법칙을 파괴하는 데 대한 형벌은 이러한 행복을 잃는 것이다.                              － 스피노자

## 3

신에 대한 사랑 없이 이웃을 사랑한다는 것은 뿌리 없이 서 있는 나무와도 같다. 그런 사랑은 자기 마음에 드는 자들만을 열성적으로 사랑하게 되거나, 굴종적인 사랑을 구하게 된다.

## 4

사랑은 인격에 대하여서만이 가능하다. 그런데 신은 인격자가 아니므로 사랑할 수가 없다고 말하는 자를 나는 알고 있다. 그러나 나 자신은 인격자이기에 신을 사랑하는 것이 필요하다.

남을 꺼리지 않고, 죽음을 두려워하지 않고, 악을 무서워하지 않고
그리고 이 세상의 권세를 두려워하지 않는 방법은
오직 신을 가까이 하고 사랑하는 것이다.

일하는 것- 자기의 전력을 다하여 일하는 것은 인생의 조건이다. 인간은 일할수록 외부의 요구에서 해방될 수 있다. 또는 자기 일을 남에게 하도록 강요할 수도 있다. 그러나 일하는 것에 대한 자기의 육체적 요구에서는 해방될 수 없다. 만일 사람이 필요한 만큼, 그리고 충분한 자각으로 일하지 않으면 그 사람은 어리석게 일하는 것이다.

### 1

일하는 것 그것이 곧 인생이다. 일하는 사람의 마음에서는 신과 같은 힘이 솟아난다. 신성한 천성적인 활력이 생겨나는 것이다. 이 힘은 전능하신 신이 일하는 사람에게 주는 것이다.

사람이 일에 열중할 때 비로소 그 사람 속에 모든 고귀한 힘이 깨우쳐지고, 그 사람을 지식으로 향하게 한다. 참된 지식은 일하는 것에서 얻어진다. 우리들이 실제로 경험하지 않는 지식은 무의미하다.

– 칼라일

### 2

그대에게 일하는 것 자체가 중요하고 보수는 2차적인 것일 때 창조주이신 신이 그대의 주인이 되리라. 그러나 일하는 것이 2차적이고 보수가 가장 중요할 때, 그대는 보수의 노예일 따름이다. 그리고 악마의 노예이며 악마 중에서도 가장 비열하고 추악한 것의 소굴이 될 것이다.

− 존 러스킨

## 3

유럽 사람들은 중국인들에게 기계공업에 의한 생산을 자랑하며 이렇게 말했다. "기계공업은 인간을 노예 상태에서 해방시켰다." 그러나 중국인들은 이렇게 대답했다. "노동은 행복하다. 노동에서 해방되는 것은 가장 큰 불행이다."

## 4

일하는 것은 모든 인간에게 중요한 일이다. 왜냐하면 그것은 사람에게 혜택을 주는 것이기 때문. 아이들에게 아무런 일도 가르치지 않는 것은 아이들에게 장차 약탈을 가르치는 것과 마찬가지다.

− 탈무드

동물들은 자기의 근육을 쓰지 않고 살아갈 수 없다.
사람도 마찬가지이다. 근육을 사용하는 데 만족과 기쁨을 느끼려면,
무엇보다도 남에게 봉사하는 일에 써야 한다.
이것이 가장 좋은 사용법이다.

**기도는 신에 대한 자기의 관계를 확실하게 하는 것이다.**

## 1

기도는 다음과 같이 하라.

"하늘에 계신 우리 아버지여, 이름이 거룩히 여김을 받으시오며 나라에 임하옵시며, 뜻이 하늘에서 이룬 것같이 땅에서도 이루어지이다. 오늘날 우리에게 일용할 양식을 주옵시고, 우리가 우리에게 죄지은 자를 사하여 준 것같이 우리 죄를 사하여 주옵시고 우리를 시험에 들지 말게 하옵시고, 다만 악에서 구하옵소서. 나라와 권세와 영광이 아버지께 영원히 있사옵나이다. 아멘."

이 기도 속에는 신과 세계에 대한 인간의 관계가 표현되어 있다. 그리고 이 같은 기도를 반복하여 암송하는 것은 참으로 유익하다. 그러나 그 참된 뜻을 이해하고 있을 때만이 유익하다.

## 2

신앙이란 인생의 이상(理想)을 날마다 닦는 일이다. 매일 일어나는 우발적인 사건들로 정체하고 혼탁하고 초조하게 하는 인간의 내면을 안정된 상태로 돌려주는 것이다. 기도는 정신에 뿌리는 향유이다. 그리고 고귀하고 확실한 효과를 가지고 있는 치료법이다. 기도는 평화와 용기를 회복시켜 준다. 기도는 하나님의 명령과 우리들의 의무를 상기시켜 준다. 기도는 이렇게 말한다.

"내가 사랑을 받듯이 남을 사랑하라. 받은 만큼 반드시 남에게 주라. 그대는 반드시 죽어야 할 존재다. 그러므로 그대 자신의 일을 완수해야 한다. 악을 선으로 정복하라. 세속적 성공을 그대의 의무라고 생각지 말라. 당해야 할 일은 당하라. 그대를 위한 증인은 그대 자신의 양심이다. 그리고 그대의 양심은 그대 자신에게만 이야기를 하는 신이다."

― 아미엘

### 3

우리들이 기도를 하거나 소원 성취를 기원할 때, 신의 뜻은 변하지 않는다는 것을 알아야 한다. 그리고 우리들이 기도에 응답해 달라고 빌면서 스스로 신의 힘을 아는 것, 그것을 통해 우리들의 마음이 정화되고 고상하게 되어간다는 것을 알아야 한다.

― 탈무드

### 4

기도에 의하여 어떤 개성적인 신에게 호소하듯이 느껴지는 것은 신이 개성적이어서가 아니라, 나 자신이 개성적인 존재이기 때문이다―나는 신이 개성적일 수 없음을 잘 알고 있다.

왜냐하면 개성이란 유한이지만 신은 무한이기 때문에―다시 말하면 나의 눈에는 파란 유리알이 끼어 있는 것이다. 그렇기 때문에 모든 것이 파란빛으로 보일 수 밖에 없다.

*5*

신에 대한 봉사는 기도에 의해서만 가능하고 신의 뜻에 복종함에 의해서가 아니라고 생각하는 것은 두려운 일이다.

– 존 러스킨

기도하고 싶은 매혹이나 충동을 느꼈을 때 기도하라.<br>
어떤 일정한 때에만 기도하는 습관이 있다면<br>
그대로 내버려 두어서는 안된다.<br>
기도가 하나의 죽은 습관이 되는 것을 두려워하라.

## 3월 9일 전쟁

**전쟁은 불가항력적인 현상이 아니다. 어디까지나 인간이 만들어 낸 것이다.**

*1*

자기가 하는 일이 자기의 뜻과는 전혀 다른 불가항력적 현상이라고 단정해 버린 인간은 아무런 공포도 느끼지 않고 맹목적으로 살아간다. 이 같은 인간은 병적인 의식을 치료해 줄 필요가 있다.

## 2

무장된 평화나 전쟁은 결국 파괴되지만, 그것은 사회의 상부 계층에 의한 것이 아니다.

전쟁은 그들에게 많은 이익을 주기 때문이다. 전쟁을 파괴하는 것은 전쟁 때문에 고통받는 많은 하부 계층 사람들이 자신들의 운명은 다만 자신들 손에 달렸음을 깨닫고, 자유를 위해 무저항주의를 발휘할 때에만 가능한 것이다.　　　　　－ 할두엔

## 3

인류의 가장 발달된 힘이 전쟁과 전쟁에 대한 준비에 소모되고 있다. 이 때문에 우리들은 다음 두 가지 무거운 짐을 지고 있는 것이다. 그 하나는 간접세이고, 그 다음은 국제 차관이다.

　　　　　－ 헨리 조지

## 4

우리들은 누구보다도 제왕의 행복을 위하여 싸우는 자들이다. 그러나 제왕이 우리를 강제로 억압을 할 때에는 결코 그의 깃발 아래서 그를 섬기는 자들이 아니다. 우리들은 옳은 일을 위해서만 싸우는 것이다.

예수 그리스도는 그의 전도를 끝마쳤을 때, 마침내 새로운 사회의 기초를 수립했던 것이다. 그가 탄생하기 전에 사람들은 한 사람이나 또는 여러 사람의 주인에게 예속되어 있었다. 그것은 마치 가축과도 같

은 존재였다. 왕과 권력자들은 자기들의 권력과 이권 때문에 민중들에게 무거운 짐을 지웠다. 예수는 부패한 상태에 종말을 짓고, 굽었던 허리를 들게 하고, 노예를 해방시켰던 것이다.

예수는 가르쳤다. 사람은 신 앞에 평등하므로 서로는 모두 자유롭다고. 어떠한 인간도 자기 동포를 지배할 권력을 갖지 못한다. 평등과 자유는 인류가 신으로부터 받은 깨뜨릴 수 없는 법칙이다.

권력은 그 형태가 어떠하든 정당하지 못하다. 사회를 유지하기 위하여 의무, 봉사 그리고 전체의 행복을 위하여 스스로 달게 받는 순종이 필요하다. 예수는 이상과 같이 설교했으며 그러한 사회를 수립했다. 그러나 우리들은 오늘날 이 세계에서 그와 같은 사회를 발견할 수 없다.

오늘날 그와 같은 교훈이 존중되고 있는가? 18세기 동안 대대로 예수의 가르침을 받아 믿어 왔다고 하지만 이 세상은 어떻게 변해 버렸는가? 완전히 분쇄되고 말았다. 고뇌에 찬 인간들은 약속된 자유를 헛되이 기다리고 있다. 그러나 이것은 예수의 교훈이 믿을 수 없으며 실제적이 아니라는 이유에서가 아니다. 그것은 사람들이 예수의 가르침을 노력과 굳은 의지에 의하여 실현해야 함을 깨닫지 못했기 때문이다.

그러나 결국 깨우치게 될 것이다. 벌써 인간들 속에 그 무엇이 꿈틀거리고 있다. 사람들은 구원이 가까이 왔다는 소리를 듣고 있다.

― 라므네

## 3월 10일 생명은 하나

우리들에게 인생의 가치를 부여해 주는 것은 동질적이며 모든 것에 대해서 오직 하나이다.

### 1

생명이 있는 모든 것은 고뇌에 시달리고 죽음을 두려워한다. 그대 자신도 생명이 있는 것 중에 하나임을 알라. 그러므로 살생을 삼가하라. 죽음의 원인을 만들지 말라. 생명이 있는 모든 것은 고뇌를 싫어하고, 스스로의 생명을 고귀한 것으로 생각한다.

— 석가

### 2

그대 눈에 비치는 모든 인간 속에는 '신적인 것'과 '인간적인 것'이 있다. 이것은 누구나 똑같은 것이다. 자연은 우리들을 같은 재료로써, 같은 목적을 위해 이 세상에 태어나게 한 것이다. 자연은 우리들 속에 서로의 사랑을 불어넣어, 협동적으로 살게 만들었다. 또 자연은 우리들에게 정의와 감정을 골고루 배정하였다. 자연에 의하여 세워진 이와 같은 배려 때문에 남을 파멸시키는 것이 자신을 파멸시키는 것보다 악한 것이다.

자연의 명령에 의하여 우리의 손은 항상 타인을 돕기 위해 준비하고 있어야 한다. 우리들은 서로 돕기 위하여 이 세상에 태어난 것이다. 우리들의 결합은 돌로 만든 둥근 천정과도 같다. 만

약 서로 받쳐주지 않으면 부서져 떨어질 것이다.　　－ 세네카

*3*

사람은 오로지 이웃에 대한 봉사 속에서만 순수한 행복을 찾을 수 있다. 그리고 그 때문에 사람은 이 세상의 기초 중 하나가 될 수 있는 것이다.

*4*

남과 나는 하나라는 것을 똑똑히 의식하고 느낀다. 그와 같은 것을(다소 정도의 차이는 있지만) 짐승과 나의 사이에도 느낀다. 더 나아가서 벌레나 식물에게서도 느낀다.

*5*

인생의 행로는 하나이다. 인류의 영원한 희망은 모두 이 길에서 하나로 모이는 데 있다. 그리고 이 길은 우리들 인생의 기초에 분명하게 놓여 있다. 너무도 넓고 분명하게 눈에 띄는 길이므로 누구도 이 길에 서지 않을 수 없다.

이 길 끝에는 신이 계신다. 신은 모든 것의 진리이다. 그리고 신의 진리는 인간의 가장 깊은 곳에 뿌리내리고 있기 때문에, 가장 현명한 인간에게도 가장 어리석은 자에게도 동일하게 이해된다.　　－ 고골리

생명 있는 모든 것과 그대가 결합되어 있다는 생각을
방해하는 모든 것을 그대 자신 속에서 추방하라.

# 결합(結合)

　'개성이란 그 밖의 모든 것에 대하여 전혀 다른 것이다. 진정한 자신의 존재는 오직 자기 자신 속에만 있다. 그 밖의 것은 모두 다 자기가 아니라 남인 것이다.'

　뼈와 살은 이와 같은 생각을 확증해 준다. 이러한 생각은 모든 이기주의의 근원에 가로놓여 있는 것이고, 또 이러한 생각의 본질이 사랑이 없는, 부정하고 악덕한 모든 행위의 원인이 되는 것이다.

　'자기의 참된 내면적 존재는 모든 생명 있는 것 속에 깃들어 있다. 그것은 자기 인식 속에서도, 그리고 다른 생명 속에서도 직접적으로 찾아 볼 수 있는 것이다.'

　이러한 사상은 산스크리에 의하여 표현되었던 영원 불변의 법칙-모든 것은 그대이다-이다. 이러한 사상은 긍정의 형식을 취한다. 그 위에 참된 것, 즉 몰아적인 덕성이 뿌리내리는 것이다. 이 같은 사상의 본질은 모든 착한 행위의 근본이 된다. 이러한 사상 위에 친절, 인류애, 그리고 자선으로 향하는 동기가 있다. 왜냐하면 이들에게로 나가는 동기는 우리들이 모두 하나의 존재라는 점을 이해하는 일이기 때문이다. 반대로 이기주의, 질투, 증오, 포악, 완고, 복수, 원한, 잔학은 전자의 사상 속에 근거하며 전자의 사상을 지지하는 것이다.

　우리들이 착한 행위를 보거나 듣고, 더 나아가서는 그것을 행하고 느끼는 흥분과 환희는 가장 뿌리 깊은 기초를 이러한 데에 두는 것이다. 즉 착한 행위는 많은 개성과 여러 가지 개성 아래서는 근본적인 동일성이 뿌리박고 있다는 것을 상기시켜 주기 때문이다. 그 동일성은 실재적이고 도달할 수 있는 것으로 느껴진다. 왜냐하면 그것은 착한 행위 속에 확실하게 나타나기 때문이다. 이상에서 말해 온 것이 두 가지 사상의 모든 성질을 해석해 준다. 뿐만 아니라, 인간의 정신적 의식과 상태의 모든 성질을 해석해 주는 것이다. 그래서 착한 성품의 소유자에게는 나쁜 성품을 가진 자와는 매우 다른 것이 존재한다.

나쁜 성품을 가진 자는 가는 곳마다 자기와 자기 이외의 모든 세계 사이에 완고한 벽을 느낀다. 그에게는 이 세계가 절대적으로 '자기 이외의 다른 것'이다. 처음부터 적대시하는 자기와 자기 이외의 다른 것과의 관계이다. 그러므로 그의 근본적인 기질에는 항상 증오, 질투, 원한이 있는 것이다.

그러나 착한 성품의 인간은 자기 자신 속에만 살고 있는 것이 아니다. 그는 자기와 같은 본질을 가진 외부의 세계와 같이 살고 있는 것이다. 그에게는 '모든 것이 자기이고, 자기는 모든 것이다'인 것이다. 그렇기 때문에 인간에 대한 관계는 항상 친화적이다. 그는 자신을 모든 타인과의 공동체임을 알고, 그들의 행복과 불행에 직접 참여하고 그들 속에 마음에서 우러나오는 공감을 제공하는 것이다. 그리고 그 자신 속에는 평화롭고, 신뢰할 만하고, 조용한 자족적인 정신상태가 싹튼다. 그리고 이 때문에 사람들은 마음으로부터 그에게 친근함을 가질 수 있는 것이다.

*– 쇼펜하우어*

예수의 근본적인 가르침, 즉 우리들이 모두 신에게 연결되어 있다는 깊은 진리를 이해한다면 다음과 같은 것을 알게 될 것이다. 그 하나의 연결은 단순히 형식상의 결합을 말하고 있는 것이 아니라, 사랑의 원천으로 봉사하는 것, 즉 인간의 '신적인 본질'에 있어서 모든 사람들이 하나님을 말하고 있다는 것을 알게 될 것이다.

우리들이 경험하는 사랑의 감정은 참으로 신비스럽다. 그것은 모든 사람들의 근원적인, 즉 이 세계의 정신적 본질—신에 있어서의 연합을 부활시키는 것이다. 자기 부정으로 인도하는 사랑의 감정도 인간들의 근본적인 연합에 기반을 두지 않는다면, 무의미하고 가치 없는 것이다. 그 연결을 통하여 모든 개성적인 한계는 부정되고, 분열되어 버리는 것이다.

사랑이란 이렇게 정의할 수 있다. 즉 '우리들 내부에서 느낄 수 있는 우주적인 본질에서 나오는 소리이다'라고. 사랑에는 어떠한 제한도 수고로움도 없다. 왜냐하면 사랑은 처음부터 오직 하나이며, 보편적인 것이기 때문이다. 스스로를 모든 다른 존재로부터 전혀 독립된 존재라고 생각하는 것은, 육체의 모든 부분이 각각의 다른 감각을 가지고 있기 때문에 전혀 독립된 것이라 생각하는 것과 같이 어리석은 생각이다. 사람이 옛날에 다쳤던 다리의 아픔을 항상 느낄 수 있는 것은, 인체의 각 부분이 제각기 다른 감각을 가지고 있기 때문이 아니라 인간의 감각에 하나의 집중점이 존재하고 있기 때문이다.

그와 마찬가지로 인간들이 분명히 타인의 고통이나 기쁨에 공감할 수 있는 것은 인간과 인간이 정신적으로 연결되어 있다는 증거이다. 비록 아무리 자기 자신만을 사랑하고, 불쌍히 여기고, 인정하는 경향이 있다 해도 말이다.

같은 종족(種族)이란 육체적 연쇄가 아닌, 개인의 분별 없는 사랑이나 친애가 아닌, 또 사회적·국제적 이익이 공통되어 있는 것도 아닌 신과의 정신적 일치이다. 이것이야말로 인간과 인간의 관계에 기초로 놓여야 할 바로 그것이다.

– 표트르 스트라호프

# 항해(航海)

　　나는 함부르크에서 런던으로 항해하는 중이었다. 승객은 두 사람 뿐이었다. 나와 작은 원숭이 한 마리였다. 명주실처럼 부드러운 털이 난, 태어난 지 얼마 안되는 암놈이었다. 함부르크의 어떤 상인이 영국의 친지에게 선물로 보내기 위해 이 배에 태운 것이었다. 원숭이는 갑판 위에 가는 철사로 매어 있었다. 그리고는 철사줄이 미치는 데까지 날뛰고 다니면서, 슬픈 소리로 꽥꽥거리며 야단이었다. 놈은 내가 그 곁을 지날 때마다, 검은 손을 내밀었다. 그리고는 마치 인간과 다름없는 우울한 눈초리로 나를 바라보는 것이었다. 나는 그 손을 잡아 주었다. 그랬더니 원숭이는 날뛰지도 않고 울지도 않았다.

　　조용한 항해였다. 바다는 남빛의 책상 덮개처럼 둥글게 펼쳐진 채 출렁이지도 않았다. 이따금 물개가 헤엄쳐 왔다. 그리고는 힘차게 물을 헤치면서 물 속으로 깊이 잠수했다. 수면은 그 때문에 출렁거렸다.

　　선장은 말수가 적은 사나이었다. 햇볕에 탄 거무스레한 얼굴에 짧은 파이프 담배만 빨고 있었다. 그리고는 화가 난 듯이 잔잔한 수면에 침을 뱉았다. 내가 이것저것을 물어도 선장은 무뚝뚝하게 대답할 뿐이었다. 나는 하는 수 없이 오직 하나의 동행자인 원숭이 쪽으로 되돌아갔다. 나는 원숭이 곁에 앉았다. 원숭이는 고함을 멈추고 내게 손을 내밀었다.

　　두터운 안개가 자욱하게 떠 다녔다. 그 축축한 바다 공기가 나와 원숭이를 졸음에 빠지게 했다. 그리고 우리들을 어쩐지 고독하고 덧없는 생각에도 빠지게 했다. 우리들은 친한 형제처럼 다정하게 앉아 있었다. 나는 마침내 웃음이 번져 나왔다. 그때 어떤 이상한 느낌이 가슴 속에서 일어났다. 우리들은 모두 한 사람의 어머니의 자녀들이다. 그리고 나는 이 가엾은 짐승이 온순해져서, 마치 형제지간에게나 대하듯이 내게 의지하고 있는 것이 매우 즐겁게 생각되는 것이었다.

　　　　　　　　　　　　　　　　　　　　　　　　　　　　　－ 투르게네프

## 3월 11일 정욕(情慾)

인간의 가장 강렬한 정욕으로 이루어지는 성적 관계는 죄악과 고뇌의 근원이다.

### 1

그대는 배우자에 대한 의무를 게을리 할 수도 있고, 그 의무로 인한 슬픔을 피할 수도 있을 것이며, 그 의무를 저버릴 수도 있을 것이다. 그러나 그 결과는 대체 무엇일까? 그 역시 비애일 것이다. 그러나 그 비애는 완수해야 할 의무를 저버린 비애이다.

 – 엘리어트

### 2

결혼은 계약이라고 할 수 있다. 이성(異性)의 두 사람이, 오직 두 사람 사이에서만 아이를 낳기로 하는 계약이다. 이 계약을 파기하는 것은 기만이고, 배신이고, 죄악이다.

### 3

두 영혼이 영원히 결합됨을 서로가 느낄 때는 정말 위대하다. 모든 노동이나 거친 세상에서 서로 의지하고, 모든 고뇌에도 서로 격려하며, 마지막 이별이라는 순간에도 서로가 헤어지지 않기 위하여 결합되기를 원할 때, 그 순간은 진정으로 위대하다.

# 4

바리새인들이 예수께 나아와 그를 시험하여 가로되, 사람이 아무 연고를 막론하고 그 아내를 내버리는 것이 옳습니까? 예수께서 대답하여 가라사대, 사람을 지으신 이가 본래 저희를 남자와 여자로 만드시고 말씀하시기를 사람이 그 부모를 떠나서 아내에게 합하여 그 둘이 한 몸이 될지어다 하신 것을 읽지 못했느냐? 이러한즉 이제 둘이 아니요 한 몸이니, 그러므로 하나님이 짝지어 주신 것을 사람이 나누지 못할지니라 하시니.

그러면 어찌하여 모세는 이혼 증서를 주어서 내버리라 명하였나이까? 예수께서 가라사대, 모세가 너희 마음의 악함으로 인하여 아내 내어버림을 허락하였거니와 본래는 그렇지 아니하니라. 내가 너희에게 말하노니 누구든지 음행한 연고 외에 아내를 내어버리고 다른 데 장가드는 자는 간음함이니라.　　　　－ 성경

# 5

남편과 아내가 하나의 육체가 된다는 것은 글자 그대로의 뜻이 아니다. 그것은 도덕적인 삶을 사는 남편과 아내가 그들의 발걸음을 내딛는 상태를 정확히 표현한 것이다.

성적(性的)결합은 각 개인에게 중요하듯이,
인류 전체의 종족 보존에 있어서도 중요하다.
그리고 그것은 매우 곤란하고, 번잡한 것이기 때문에
이 결합이 이루어지는 형식은 천차만별이고,
아무리 깊이 연구한다 해도 충분하다고 말할 수 없다.

　　과거의 생활은 현재 생활에 영향을 미친다. 이것을
인도에서는 [카르마-인과응보(因果應報)]라고 부른다.

## 1

　　영혼이 육체를 떠나 헤매고 다녔다. 거기는 공허하고 아주 추운 곳이었다. 그때 무서운 여자가 나타났다. 그녀는 몹시 추한 여자였다. "너는 누구냐? 도대체 너는 누구냐? 불쾌하고 언짢고, 어떤 악마보다 흉칙스런 너는 누구냐?"라고 영혼이 물었다.

　　그 환영(幻影)이 대답했다. "나는 그대의 행위요."

— 페르시아의 알다 부라하

## 2

　　그대가 어려움에 빠져 구원을 청할 때, 그대를 구해 주는 것은 지난날 그대의 행위이다. 신은 그 곳에 계신다. 착한 일은 다음과 같은 것을 말한다. 즉 자애롭고 친절하고 겸손한 것, 착한 말만을 하는 것, 남에게 착한 일을 바라는 것, 정직한 마음을 가지는 것, 항상 배우는 것, 항상 진실을 말하는 것, 인내심이 강하고, 수치를 알고, 윗사람을 존경하는 것, 어버이와 스승을 존경하는 것을 말한다. 대저 이러한 일은 착한 마음의 벗이며, 악한 마음의 적이다.

　　거짓을 말하고, 훔치고, 나태하고, 음탕한 눈으로 여자를 보고,

기만하고, 비방하고, 이웃이 불행하기를 바라고, 거만하고, 소란을 피우고, 중상 모략을 꾀하고, 인색하고, 불손하고, 파렴치하고, 화를 잘내고, 복수심이 강하고, 추하고, 완고하고, 질투심이 많고, 잔인하고, 스스로 미신을 쫓는 것은 나쁜 마음의 벗이며, 착한 마음의 적이다.

— 페르시아의 교리 문답

## 3

끊임없이 지옥을 만들어 내는 자가 거기에 떨어지기를 두려워하는 법이다.　　　　　　　　　　　　　— 맬러리

## 4

지금 할 수 있는 선한 일을 결코 내일로 미루지 말라. 왜냐하면 죽음은 인간이 의무를 다했는지 안했는지 살피지 않고 찾아오기 때문이다. 죽음은 존경도 증오도 하지 않는다. 죽음에는 벗도 원수도 없다. 인간의 일생은 그의 실천적인 결과이다. 그 인간의 실천에 따라서 그 운명을 좋게도 나쁘게도 만들 수 있다. 그리고 우리들이 완수해야 할 일은 그것이 실천되느냐, 안 되느냐 하는 점에 의해 달라진다.

— 아그니 푸라나

과거의 생활이 어떤 방향으로 흘렀든 간에
현재의 행위가 그것을 변화시킬 수 있다.

성자의 자격은 도덕성의 순수성에 있다. 그 결과로는
정신적 평화가 있다.

## 1

착한 사람은 편안함보다 자기의 의무에 더 많은 노력을 기우
린다. 의무는 우리들이 할 일이고 결과는 신께서 할 일이다.

## 2

변하는 환경이 평화를 빼앗는 것이 아니라, 만족할 줄 모르는
욕망이 평화를 빼앗는다. 하고 싶은 일을 하는 사람이라도 얼마
되지 않아 싫증을 낼 것이다.

## 3

성자임을 가장 잘 증명하는 것은 끊임없이 정신을 착한 방향
으로 정리해 가는 것이다.

– 몽테뉴

## 4

오직 다음과 같은 일만 하라. 즉 그대를 정신적으로 높여 주
고, 동시에 사회에 이익이 되는 일만을 하라.

– 핸더슨

# 5

어떤 일이 그대를 슬프게 하고 괴롭힐 때에는 이렇게 생각하라.

1. 그 이상으로 마음을 괴롭히는 일이 얼마든지 그대와
   남에게 일어나리라는 것.
2. 과거에 지금과 같이 슬프고 괴롭던 경우와 사건을 아
   주 무관심하게 회상할 수 있다는 것.
3. 가장 중요한 점은 그대를 슬프게 하고 괴롭히는 것은
   한낱 경험에 지나지 않으며, 그 경험에 의하여 자기의
   정신력을 발휘할 수 있고 그 힘을 더할 수 있다는 것.

# 6

인간의 마음은 때로는 가장 완성된 상태에 있기도 하고, 때로
는 가장 부패한 상태에 있기도 하다. 좋은 상태에 있을 때 조심
하라. 그 상태를 지속해 나가고 나쁜 것을 추방하라.

－ 베이컨

# 7

성자는 싸움을 좋아하지 않고, 남을 싫어하지도 않는다. 관대
하고 사교성도 좋다. 성자는 항상 겸손하다. 성자에게서 덕을
빼 내면, 남는 것은 역시 교활함과 배반 뿐이다. 독수리처럼 현
명하라. 비둘기처럼 깨끗하라. 마음을 깨끗이 하는 것이 동시에
마음을 굳세게 하는 것이다.

## 8

잃을 것이 없는 사람이 가장 큰 부자이다.

– 중국 속담

지혜는 무한하다. 그것에 가까이 가면 갈수록
더욱 더 필요함을 느끼게 된다.
그래서 인간은 한없이 착해질 수 있는 것이다.

## 3월 14일 채식주의

　먼 옛날부터 부르짖어 온 채식주의는 오랫동안 버림
받아 왔다. 그러나 오늘날에는 많은 사람들의 마음을 사로잡고
있다. 그리하여 마침내는 사냥이나, 생물체 해부나, 취미를 만족
시키기 위한 살생행위 같은 것이 없어질 때가 올 것이다.

## 1

현대에는 아이를 버리거나, 검객에게 싸움을 시키거나, 죄수를
학대하거나, 기타 여러 가지 야만적인 행위 등을 천시하고 수치
스럽게 생각한다. 그러나 그런 일들이 과거에는 비난할 일이나
정의에 위배되는 일이라고 생각하지 않던 시대가 있었다.

– 투이멜만

## 2

아이들이 고양이나 새를 학대하며 기뻐하는 것을 보면 그대들은 아이들에게 동물을 사랑해야 한다고 가르칠 것이다. 그러면서도 그대들은 정작 사냥을 하고 식탁에 동물의 고기를 올려놓고 기뻐한다. 이러한 모순은 누구나 똑같이 가지고 있다.

## 3

우리들 인간과 마찬가지로 먹이를 먹고, 공기를 흡입하고, 물을 마시며 살아가는 생명 있는 짐승, 그리고 죽을 때는 처량한 울음을 내며 우리의 생활을 부럽게 생각하는 짐승, 또 우리들에게 아무런 해도 주지 않는 짐승에게 피해를 입힐 아무런 권리도 우리에게는 없다.

자기의 만족이나 취미, 오락을 위해서 동물을 살해하는 것이
죄악이라는 것은 명백한 사실이다. 사냥이나 육식은
죄악이 아닐지도 모른다. 그러나 의식하면서 저지르는 악한 행위는
나쁜 줄을 알면서도 감추고 행하는 것으로써 더 큰 죄악이다.

## 3월 15일 적에 대한 사랑

참되고 진실한 사랑은 적에 대한 사랑이다. 불쾌한 사람, 싫은 사람, 미운 사람, 원수진 사람을 사랑할 수 있을 때만이 참된 사랑이 얻어진다.

### 1

자기를 사랑하는 사람, 자기에게 호의를 베푼 자들을 사랑하는 것은 인간의 보편적인 사랑이다. 그러나 원수를 사랑하는 것은 오직 신의 사랑으로써만이 가능하다. 인간의 일반적인 애정은 사랑이 증오로 바뀌는 일이 자주 있다. 그러나 신의 사랑은 변함이 없다. 그 무엇도, 죽음까지도 그것을 파괴할 수 없다. 신의 사랑이야말로 인간 마음의 본질이기도 하다.

### 2

참된 그리스도교는 자기와 가까운 사람에게 뿐만 아니라 자기의 적에게도 착한 일을 베푼다. 자기의 적에게 뿐만 아니라, 신의 적에게도 착한 일을 베푼다. 그러므로 인간에 대한 그의 사랑은 만족이 아니라 고뇌를 가져오는 일이 가끔 있다.

— 파스칼

### 3

자기를 동정해 주는 자들을 사랑하는 것은 얼마나 쉬운 일인

가? 그러나 자기를 배반하고 자기를 해치는 자를 결코 비난하지 않는 것은 얼마나 어려운 일이냐!

*4*

분노를 사랑으로 극복하라. 악에는 선으로 답하라. 탐욕은 관대함으로 극복하라. 허위는 허위에 의해 부서진다.

- 석가

*5*

'또 네 이웃을 사랑하고 네 원수를 미워하라 하였다는 것을 너희가 들었으나 나는 너희에게 이르노니 너희 원수를 사랑하며 너희를 핍박하는 자를 위하여 기도하라. 이같이 한즉 하늘에 계신 너희 아버지의 아들이 되니라. 이는 하나님이 그 해를 악인과 의인에게 비추게 하시며, 비를 의로운 자와 불의한 자에게 내리우심이라.'

- 성경

*6*

인간은 서로 사랑한다. 즉 자기를 희생하고 선을 행하기 전에 남을 증오하는 것을 버려야 한다. 악을 범하고 자기의 개인적 편리를 위하여 어떤 한 사람을 특히 미워하지 말아야 한다.

*7*

가장 완전한 사람은 모든 이웃을 사랑하는 자이다. 그 이웃이

좋든 나쁘든 가릴 것 없이 모든 사람에게 착한 일을 하는 자이
다.

— 마호멧

## 8

사악에는 친절로 대하라. 날카로운 칼이라도 부드러운 명주는
자를 수 없다. 부드러운 말이나 착한 행위로써 보인다면 머리카
락 한 올로도 코끼리를 능히 이끌어 갈 수 있느니라.

— 사디

불쾌한 사람이나 적대감을 가진 사람과 교제하는 것은
다음과 같은 것을 반성하게 되는 좋은 기회이다.
'나는 이러한 때에 오직 이때에 나타나는
신의 사랑을 가지고 있는가 없는가'를.

과학의 중대한 폐단은 이것이다. 과학으로는 모든 것을 알 수도 없고, 또 종교의 도움 없이는 무엇을 연구할 것인가조차도 깨닫지 못한다는 것이다. 그럼에도 불구하고 과학자들은 자기들에게 필요한 것, 유쾌한 것만 연구하고 있다는 점이다. 그리고 그들은 옳지 못한 생활을 하고 있다. 무엇보다 그들에게 필요한 것은 자기들에게 이익이 되는 지상의 질서 뿐이다. 또 그들에게 유쾌한 것은 더 위대한 지혜의 노력이나, 실제 적용도 필요치 않은 그저 공허한 호기심의 만족뿐이다.

## 1

신에게는 벌레나 인간은 한가지이다. 그러나 인간의 감각으로는 그렇게 생각하지 못한다. 육체에 관해 배우는 것도 중요하지만 정신에 대하여 아는 것은 더욱 필요하다.

지식은 깊이를 더 할수록 더 많은 의구심이 일어난다. 그러나 영혼을 수양하는 것은 우리를 평화로 이끌어 간다. 인간은 전체를 알도록 배워야 한다. 그리하여 이웃의 참된 행복을 위하여 진리를 말하는 마음으로 무장하라.

— 리히텐베르크

## 2

인간의 참된 지혜는 결코 지식의 양에 있지 않다. 이 세계는 무한하여 아무리 노력해도 모두 알 수 없다. 많이 아는 데에 참된 지혜가 있는 것이 아니라 대질서를 아는 데 있다. 참된 지혜는 어떤 지식이 필요하고, 어떤 지식이 중요하지 않는가를 아는 것에 있다. 인간에게 필요한 지식 중에 가장 중요한 지식은 '어떻게 살 것인가' 하는 것이다. 유감스럽게도 현대 과학은 이런 지식을 다른 지식보다 하등(下等)한 것으로 보고, 또는 전혀 인정하지 않으려고 한다.

### 3

이 세상에서 가장 대담한 행동이란 무엇일까? 그것은 자기들에게 이해되지 않는 일은 신에게도 용납되지 않는 일이란 것이다.

– 칼빈

### 4

조금밖에 모르는 인간이 수다스럽게 떠들어댄다. 많이 아는 자는 침묵을 좋아한다. 소인은 자기가 알고 있는 것을 대단하게 생각하고 누구에게나 말하고 싶어한다. 그러나 큰 인물은 자기 지식을 남에게 말하기가 어렵다는 것을 알고 있다. 그는 당장 더 많이 떠들 수도 있지만, 후에 더욱 많은 것을 이야기하기 위해 잠자코 있는 것이다.

– 루소

### 5

위대한 학자는 어떤 이론을 들었을 때, 그 이론을 실천하려고 시도해 볼 것이다. 이류 학자는 어떤 이론을 들었을 때, 가끔 그것을 자세히 연구하기도 하고 때로는 하지 않을 것이다. 그리고 가장 어리석은 학자는 어떤 이론을 들었을 때 비웃어 버린다. 비웃지 않으면 그로서는 이론은 이론이 아닌 것이다.

– 노자

# 6

지식이란 두뇌의 양식이다. 음식물이 육체에서 하는 역할을 지식은 두뇌에서 한다. 지식과 음식물은 때로 남용되기도 한다. 음식물과 마찬가지로 지식도 뒤섞이거나, 오용되어 두뇌를 불건전하게 할 수도 있다. 달게 하거나 맛을 내고자 하다가 마침내는 그 영양분을 잃어버리는 수도 있다. 그리고 두뇌의 가장 좋은 양식이라 할지라도 지나치면 병이 되고 죽음을 초래한다.

만약 모든 지식이 진실이라면 모든 지식은 다 유익할 것이다.
그러나 사람들은 잘못된 판단을 하는 경우가 종종 있다.
그러므로 그대가 얻고자 하는 지식의 선택이
엄격하면 엄격할수록 좋은 것이다.

나쁜 조직에서 구원받는 길

현대에 존재하는 악한 조직에서 구원받는 길은 모든
사람들에게 진정한 신앙을 전파하는 것 뿐이다.

## 1

종교적으로 깊은 신앙에 뿌리박지 않는다면 어떤 확고한 지식
의 승리도 사회적 진보도 있을 수 없다. 그리고 또 어떠한 학문
이라도 높은 종교적인 신앙의 요구에 관하여 혹은 인간의 발생
과 운명에 관한 영원한 문제를 해결하는 일에 관하여 무관심하
다면, 새로운 사회 건설을 실현하기에는 무력하며 또한 이후에
도 무력할 것이다. 혹시 그것이 아름다운 형식을 만들어 낼 수
있을지도 모른다. 그러나 형식만으로는 프로메테우스가 하늘에
서 따온 저 불꽃은 영원히 얻을 수 없다.

– 마치니

## 2

'너희는 먼저 신의 나라와 그 진리를 구하라. 그리하면 비로
소 너희는 다른 모든 것도 얻을 수 있으리라.'

참된 그리고 건전한 사회를 이룩하기 위한 첫 단계는, 모든 사
람들에게 진실되고, 평등하고, 치우침이 없이 물질에 대한 권리
를 보장하는 일이다.

– 헨리 조지

## 3

공통된 신앙이나 목적 없이 사회는 존재할 수 없는 것이다. 그러므로 모든 정책도 종교 속에 이루어져 있는 원칙을 알기 쉽게 부연하는 데 불과하다.

– 마치니

## 4

좋은 사회란 그 속에 위대한 진리가 실현되는 사회이다.

만일 그대가 현 사회의 나쁜 조직 때문에 고민하고 있다면,
그 조직과 싸우는 방법은 하나밖에 없다.
그것은 사람들에게 종교의식을 심는 것이다.
물론 그렇게 하기 위해서는 먼저
그대 자신 속에 종교적 의식이 심어져야 한다.
그리고 그것은 어느 방법보다 가장 확실한 방법이다.

# 무저항주의(無抵抗主義)

**질문** : 무저항주의의 가장 큰 의의는 무엇입니까?

**대답** : 악을 송두리째 뽑아버리는 데 있습니다. 자기 마음 속은 물론, 남의 마음 속에서부터도 송두리째 뽑아버리는 데 있습니다. 그 가르침은 이 세상에 악을 만연케 하고 영구화시키는 것을 용납하지 않습니다. 남을 공격하고 비방하는 자는 그 상대방에게도 증오의 감정이 타오르게 합니다. 이것이 모든 악의 근원이 되는 것입니다.

남이 자기를 비난하므로 자기도 남을 비난하고 악에는 악으로써 갚는 것은 악을 상대방에게가 아니라, 자신에게 반복하는 것을 의미합니다. 우리들이 추방하려는 악마를 오히려 부추기게 하는 것입니다. 악마가 악마를 추방할 수는 없는 것입니다.

거짓으로는 거짓을 깨끗하게 만들지 못합니다. 그리고 악은 악으로서는 극복할 수도 없습니다. 악에 대한 진정한 무저항은 악에 대한 참된 저항을 의미합니다. 그것은 사탄의 머리를 깨뜨리는 것입니다. 못된 감정을 죽이고 파괴하는 것입니다.

**질문** : 그러나 그 가르침이 훌륭하고 참된 것이라 해도 과연 그것을 실행할 수 있을까요?

**대답** : 신의 법칙 속에 씌어진 모든 선과 같이 실행할 수 있는 일입니다. 선은 그 어떤 경우를 막론하고 자아 부정, 손실, 고뇌 그리고 죽음 없이는 성취할 수 없습니다. 신의 뜻을 이룩하는 것보다 자기 생명을 높이 평가하는 자는 송장이나 마찬가지 입니다. 그와 같은 인간은 자기 생명을 구원하려고 애쓰나 도리어 잃고 있는 것입니다.

또 일반적으로 무저항주의는 오직 한 사람의 생명이나 또는 어떠한 현실적인 행복을 희생하면 되는 것인데, 저항주의는 그 수천 배의 희생을 가져오게 합니다. 무저항주의는 방어하는 것이고 저항은 파괴하는 것입니다.

불의를 행하기보다 정의를 행하는 것이 비교할 수 없을 만큼 안전합니다. 그와 마찬가지로 비방을 참는 편이 폭력으로 저항하는 것보다 안전합니다. 현실의 삶에 있어서도 마찬가지입니다. 만일 사람들이 악을 악으로 갚지 않는다면, 이 세상은 얼마나 살기 좋은 곳이 되겠습니까?

**질문** : 그러나 그저 소수의 사람만이 무저항주의를 신봉한다면, 그들이 어떤 화를 당할런지 모르지 않겠습니까?

**대답** : 만일 단 한 사람이 무저항주의를 신봉하고 있다면, 다른 사람들은 그를 처형하는 데 찬성할지도 모릅니다. 그러나 자기가 죽인 자의 피묻은 왕관을 쓰고 살기보다 적을 위해 기도 드리면서 무저항으로 사랑의 승리 속에 죽어가는 것이 행복하지 않겠습니까?

악을 악으로 갚을 수 없다는 신념을 믿는 자가 한 사람밖에 없든 천 명이 되든 신 앞에서는 마찬가지입니다. 그것이 문화인 속에 있든 아니면 야만인 속에 있든 폭력으로부터 안전한 길입니다. 폭력에 저항하는 자는 폭력을 벗어나 안전할 수는 없습니다. 칼을 쓰는 자는 칼로 망합니다.

친화하고 비방에 대항하지 않고 그것을 용서하는 자, 평화를 갈망하는 자들은 평화를 즐길 수 있습니다. 그들은 죽임을 당하더라도 행복합니다.

모든 사람들이 무저항의 교훈을 안다면 비방이나, 악행은 모두 없어질 것이 분명합니다. 만일 무저항을 신봉하는 자들이 매우 많다면, 그들은 자기들을 해치는 자에게 사랑과 용서로 대하고, 폭력으로 보복하는 일이 없는 사회를 이룩할 수 있을 것입니다. 만일 그러한 사람이 상당한 숫자라면 모든 잔인한 행동이 그치고, 폭력과 저항이 평화와 사랑으로 바뀌는 풍조를 사회에 수립할 것입니다.

만일 그런 사람들이 수적으로 미미할 때에는 사회에서 멸시를 받고 때로는 화를 당할 것입니다. 사회는 그들에게 관심도 기울이지 않고 감사히 여기지도 않겠지만, 그들의 숨은 행위로 인하여 은연중에 선도되고 또 현명하게 되어갈 것입니다. 또 설령 최악의 경우 그들 중 소수가 압박을 받고 결국에는 죽임을 당한다 하더라도, 그들은 수난의 피에 의하여 더욱 신성한 가르침을 남겨 두고 갈 것입니다.

평화를 갈구하는 모든 사람들에게는 반드시 평화가 찾아올 것입니다. 그리고 그 무엇에도 이길 수 있는 것은 예수의 '악에 대항하지 말라'는 사랑의 법칙을 따르는 모든 영혼 속에 남아 있습니다.

– 애딘 발루

* 애딘 발루(톨스토이 註. 미국 정신단체 지도자. 1980년 사망)는 50년의 생애 동안 무저항주의에 관한 좋은 책을 많이 써서 출판하였다. 그는 이들 저서 속에서 아주 명확하고 조리있게 모든 방면에서 무저항주의를 다루고 있다. 그 중에서 가장 유명한 것 중의 하나가 무저항주의 문답이다.

남을 판단하는 일은 항상 옳지 못하다. 왜냐하면 결코 그 누구도 남의 마음에 일어난 일, 그리고 일어날 일을 알 수 없기 때문이다.

## 1

가장 범하기 쉬운 실수는 남을 착한 사람, 악한 사람 또는 어리석은 사람, 똑똑한 사람이라고 단정짓는 것이다. 인간은 시냇물처럼 흐르고 끊임없이 변하며 각자 자기 길을 가지고 있다. 인간에게는 모든 가능성이 있다. 바보는 천재가 될 수 있고 악인이 선인이 될 수 있다. 또 그 반대도 가능하다. 이 점에서 인간의 위대성이 있는 것이다. 그런데 어떻게 인간을 결정적으로 판단할 수 있겠는가. 그대가 그 사람을 판단했을 때, 그는 벌써 변하고 있을 것이다.

## 2

만일 그대가 참으로 존재하는 것만을 말하고 거짓은 버리고 의심스런 것만을 의심하고, 좋고 유익한 것만을 바랄 수 있을 만큼 행복하다면, 그대는 악인이나 어리석은 자에게 화도 낼 수 없을 것이다. 왜냐하면 그들은 부패한 낙오자들이기 때문에 화를 내도 소용이 없다. 또 그들을 벌주지 않을 수 없다고 말하지 말라. 그들은 정신적 장님이기 때문이다. 그들은 살아나가야 할

지혜를 잃고 있는 것이다.

이런 불행한 사람들을 불쌍히 여기고 이런 사람들의 과실에 초조해 하지 말라. 그대 자신이 얼마나 많은 과실과 죄를 저지르고 있는가를 생각해 보라. 화를 내려거든 그대의 마음에 자리 잡은 사악함이나 잔인함에 분노해야 할 것이다.

- 에픽테투스

### 3

자신의 결점을 알고 반성하는 자에게는 남의 약점을 찾고 있을 틈이 없다.

- 동양 속담

### 4

그 사람의 입장에 서 보지 않는 한 남의 일을 이렇다 저렇다 판단하지 말라.

- 탈무드

### 5

남에게는 많이 용서하라. 자기에게는 무엇 하나 용서하지 말라.

### 6

인간의 마음이란 스스로에 의해서가 아니라 무엇에 강요되어 진리나 절제나 정의나 선으로부터 멀어져 가는 것이다. 이것을 확실히 알면 알수록 남에게 더욱 친절을 베풀 수 있다.

- 아우렐리우스

나는 내 본성이 선하다는 것을 알고 있다. 다른 모든 사람들도
나와 마찬가지이다. 그러므로 남이 생각하고 있는
모든 것을 다 알 수 없다 하더라도, 항상 모든 사람들이
악이 아니라 선을 생각하고 있다고 봐도 틀림없다.

##  부와 가난

대부분의 재산은 가난한 자들의 노고와 결핍이 있었
기 때문에 얻을 수 있는 것이다.

### 1

돌이 항아리 위에 떨어지면 항아리의 불행이다. 항아리가 돌
에 부딪쳐도 그것은 항아리의 불행이다.

— 탈무드

### 2

부자가 자선을 하겠다는 말은 대개 부정한 입장에서 자기들의
지배권을 보호하려는 생각에서 나온다. 그러나 가난한 사람은
그 의도를 알지 못한다. 그러한 상태에서 부자가 가난한 자들에
게 주는 도움이 자선이라는 칭찬을 받을 만한 가치가 있을까?
그럼에도 부자는 그것을 자랑하고 싶어한다. — 칸트

## 3

부자의 만족은 가난한 자의 눈물 속에서 얻어진다.

## 4

황금이나 토지를 강탈하지는 않는다고 해도 우리들은 사기나 절취의 수단을 통해서 그와 똑같은 짓을 하고 있다. 예를 들어 우리들은 거리에서 물건을 사고 팔 때에 여러 가지 트집을 잡아 값을 깎으려고 애쓴다. 그것은 약탈이 아닐까? 강도나 날치기와 마찬가지가 아닐까? 약탈은 물건의 가치에 따라서 정의나 불의가 결정되는 것이 아니다. 정의와 불의는 물건의 많고 적음에 관계없이 똑같이 적용된다. 그러므로 남의 물건을 훔치는 자만이 강도가 아니라, 정의를 파괴하고 이웃에게서 무엇이든지 가져가는 자 역시 강도이다.

그러니 자기 할 일마저 잊고 남의 일에 참견하기를 그치고 남을 사랑할 수 있는 기회가 있음에도 불구하고 남의 죄만을 찾는 행위를 그만 두자.　　　　　　　　　　　　　－ *조로아스터*

## 5

솔로몬은 남의 가난을 기회로 삼아 약탈하지 말라고 말했다. '남의 가난을 기회로 삼아 약탈한다'라고 하는 것은 오늘날 명백한 사회적 약탈을 의미하는 것이다. 즉 남의 가난함을 이용하여 그 노동을 착취하고 값싼 임금을 지불하는 일이 가끔 있다.

　　　　　　　　　　　　　　　　　－ *존 러스킨*

*6*

재산은 노동의 집적(集積)이라는 말은 진실이다. 그러나 어떤 자는 노동에만 종사하고, 또 어떤 자는 그 집적만을 얻고 사는게 보통이다. 그리고 현명한 자들은 이것을 가리켜 노동은 부당한 분배라고 말하고 있다.

이 세상처럼 한 사람의 부자 때문에 수많은 거지들이
생겨나는 곳에서는 죄 없는 재산이란 있을 수 없다.

 **선의 보답**

**3월 20일**

　　**완전한 선은 그 행위 속에 보답을 가지고 있다. 보답을 의식하고 베푸는 선은 선 자체의 즐거움을 감소시키는 것이다.**

*1*

남에게 선을 베푸는 자는 자신에게도 선을 행하는 자이다. 왜 나하면 선을 행했다는 의식은 사람에게 최고의 보답이기 때문 이다.

― 세네카

## 2

어떤 회교도 승려가 기도를 드렸다.

"신이여! 악한 자에게만 은혜를 내리소서. 착한 자에게는 이미 은혜를 베푸셨습니다. 착한 일을 한 자는 이미 착한 자가 되었으니까."

　　　　　　　　　　　　　　　　　　　　　　　　－ 사디

## 3

인간은 남이 베푼 친절을 쉽게 잊어버리면서도 자신이 베푼 봉사는 결코 잊지 않는다.

## 4

오른손이 하는 일을 왼손이 모르게 하라.

　　　　　　　　　　　　　　　　　　　　　　　　－ 성경

## 5

모든 만족은 수고로움을 통해서 얻어지는 것이다. 그러므로 참된 만족은 미리 그 댓가를 치루는 셈이다.

　　　　　　　　　　　　　　　　　　　　　　　　－ 존 러스킨

## 6

도덕적인 것이라면 무엇이든 행하라. 죄악이란 무엇이든 피하라. 하나의 덕행은 또 하나의 덕행을 배후에 가지고 있다. 하나의 죄악은 또 하나의 죄악을 숨기고 있다. 덕행의 보수는 덕행이고 죄악의 보수는 죄악이다.

　　　　　　　　　　　　　　　　　　　　　　　　－ 펜차샤이

착한 일을 하는 것, 그 자체가 즐거움이다.
그대가 착한 일을 했다는 것을 아무도 모를 때
그 기쁨은 더욱 커지는 것이다.

## 3월 21일 칭찬

인간은 스스로 자기 몸을 들어올릴 수 없듯이 자기 자신을 칭찬할 수 없다. 자기를 칭찬하려고 하면 할수록 그것은 자신의 가치를 떨어뜨리게 되는 것이다.

### 1

자신에 대해서 좋게도 나쁘게도 말하지 말라. 좋게 말한다고 남이 믿지 않을 것이며, 나쁘게 말하면 남들은 그대가 말하는 것보다 더욱 나쁘게 생각할 것이다. 가장 현명한 방법은 아무 말도 하지 않는 것이다.

### 2

"나는 겸손합니다."라고 스스로 말하는 자는 결코 겸손하지 못하다. "나는 아무 것도 모릅니다."라고 하는 자는 잘 알고 있는 자이다. "나는 무엇이나 잘 알고 있습니다."라고 하는 자는 허풍을 떠는 자이다. 그저 아무 말도 하지 않는 자가 가장 현명하고 훌륭한 자이다.

- 웨타니

## 3

자만하고 있는 자에게는 자기 일밖에는 아무 것도 보이지 않는다. 자기 눈에는 자기의 잘난 점밖에는 보이지 않는다. 만일 그 사람이 신을 볼 수 있는 눈을 가졌다면, 어느 누구도 자기보다 약점이 있는 인간으로는 생각하지 않을 것이다.

- 사디

## 4

남들이 그대를 칭찬해주기를 기다리고 스스로가 자기 자랑을 하지 않도록 하라.

- 파스칼

## 5

사상과 그 사상의 표현(언어)은 그 어느 쪽이나 다 진지한 것이다. 자기가 한 일을 정당화시키기 위하여 사상이나 언어로써 남을 희롱하는 것은 좋은 일이 못된다.

거짓 보답이나 나쁜 대가를 원치 않는다면,
스스로 자신이 하는 일을 자랑하거나
남이 칭찬하도록 만들지 말라.

정의에 의하여 생활 속의 악을 찾아내려면, 우리의
생활 자체를 숨기지 말고 인정하라. 생활은 변해간다. 그러나
정의는 항상 변함없이 우리의 생활을 지킬 것이다.

## 1

신의 모든 가르침은 하나의 원칙에 의하여 이끌어지는 것이
다. 즉 모든 것은 전체의 일부분이란 것······.

신은 우리들을 똑같은 재료로 창조한 것이다. 자연은 정의의
법칙을 세우고 있다. 그 법칙은 남에게 비방 받는 것보다 남을
비방하는 것이 악이라는 것이다.

우리들은 모든 것을 그 참된 의의에 따라 평가하고, 속된 생각
에 의하여 가치를 평가해서는 안된다. 더우기 자기를 극복하기
위해 힘써야 한다. 그러나 무엇보다 먼저 정의를 위하여 괴로워
할 줄 알아야 한다. — 세네카

## 2

나는 정의가 도덕적인 삶을 위해 최고의 조건이라고는 말할
수 없다. 그러나 그것은 첫째 조건이다. 어떤 가치가 정의 이상
인 것 같아도 그것은 모두 정의에 근거를 둔 것이어야 하고, 정
의를 통해서만이 얻어져야 한다.

그리스도교 정신으로 전승된 '그대의 신은 정의의 신이다'라

고 하는 고시(告示)는, 사랑의 신에 대한 감동적 계시(啓示)보다 훨씬 앞서 존재하고 있었다. 인간이 정의의 영원성을 인식하지 않는 한 사랑의 영원성도 감춰져 있을 것이다. 사람들은 관용을 얻기에 앞서 정의를 지켜야 한다. 따라서 인간의 사회는 사랑으로 향상되기에 앞서 먼저 정의의 기초를 세워야 한다.

– 헨리 조지

## 3

이웃에게 정의를 보이라. 그들을 사랑하든 그렇지 않든 정의는 보일 수 있는 것이다. 그 후에 그대는 사람을 사랑하는 것을 배우게 되리라. 그러나 만일 그대가 그를 사랑하고 있지 않다는 이유로 그에게 불의를 행한다면 끝내 그를 미워하는 것이 될 것이다.

– 존 러스킨

## 4

막대한 생산능력이 헛되이 낭비되는 것은 자연의 법칙에 순응하지 않는 사회의 무질서 때문이다. 노동자들은 그 무질서로 인하여 노동에 필요한 오락과 즐거움을 얻지 못하는 것같이 보인다. 노동자가 정당한 보수마저 빼앗기고 있는 원인도 여기에 있다.

– 헨리 조지

정의가 우리에게 무엇을 제시하지 않는다 하더라도,
정의는 항상 해서는 안될 일과 해야 하는 일을 가르쳐주는 것이다.

# 3월 23일 고뇌

고뇌는 정신적으로나 생리적으로 인간이 성장해 가는
데 있어 없어서는 안될 조건이다.

## 1

고뇌는 성장의 표식이다. 고뇌 없이는 생활이 하나의 형식에
서 다른 형태로 옮겨 갈 수 없다. 왜냐하면 고뇌 자체가 성장을
가져오기 때문이다. 원인은 결과이며 결과는 원인이기도 하다.
정신적 생활에서는 더욱 그러하다.

## 2

도덕의 표준보다 아래로 내려가려고 하는 것은 고뇌이다. 또
그 표준보다 위로 향하려는 것도 고뇌이다. 그리고 한 곳에서
움직이지 않으려고 한다면 그것도 고뇌이다. 왜냐하면 양심이
질책하기 때문이다. 그리고 이 양심의 비난은 고뇌 그 자체보다
도 더 견디기 어렵다. 그때 인간은 전진하고 도덕적으로 완성되
어 가는 것이다.                                      – 표트르 스트라호프

## 3

우리는 다음과 같은 과정을 거쳐서 성장하는 것이다. 청년은
어릴 때의 환상을 버린다. 장년은 청년 시대의 무지와 폭풍우
같은 정열을 버린다. 그리고 차차 장년 시대의 이기주의가 버려

지고 점점 보편적인 심성이 된다. 드디어 높고 참된 인생의 계단으로 올라간다. 외부적인 관계나 환경은 엷어지고 점점 신에게 가까워진다. 신도 그에게 다가온다.

결국에는 자기애라는 옷이 벗겨지고, 신과 일치되고 신의 뜻에 합류하여 신의 성품에 참여하게 되는 것이다.

― 에머슨

## 4

지혜로운 일을 이룩해 나아감에 따라 인간은 더욱 더 참된 인생에 가까워져 간다.

― 존 러스킨

## 5

마음이 괴로울 때 신 이외는 누구에게도 그것을 털어놓거나 호소해서는 안된다. 그렇지 않으면 고뇌는 남에게 전염되어 그 사람을 괴롭게 한다. 고뇌는 머지않아 그대 자신 속에서 타버리고 말 것이다. 고뇌 속에 완성으로 향하는 발전의 기회가 있다고 생각하는 것은 아주 마음 든든한 도움이 된다.

고뇌 속에서 **정신적 성장**에 대한 의의를 찾아라
그러면 고뇌의 슬픔은 사라져 버릴 것이다.

신은 심령의 근원이다. 그러므로 말로써 그 정의를 내릴 수 있는 것이 아니다.

## 1

예수께서 말씀하셨다.

"내 말을 믿으라. 이 산에서도 말고 예루살렘에서도 말고 너희 아버지께 예배할 때가 이르리라. 너희는 알지 못하는 것을 예배하고 우리는 아는 것을 예배하니, 이는 구원이 유대인에게서 남이니라. 아버지께 참으로 예배하는 자들은 신령과 진정으로 예배할 때가 오나니 곧 이 때라. 하나님은 영이시니 예배하는 자가 신령과 진정으로 예배할지니라."

— 성경

## 2

잠깐 동안이라도 신의 존재를 의심해 보지 않은 신앙인은 한 사람도 없을 것이다. 그러나 이러한 의심은 해로운 것은 아니다. 도리어 그것은 신에 대한 높은 이해에 도달하게 한다. 신에 대한 믿음이 습관이 되면, 나중에는 신의 존재를 잊게 될 것이다. 진심으로 신을 찾고 있을 때에만 우리는 충분히 신을 믿을 수 있으리라. 이처럼 신의 계시는 헤아릴 수 없이 무한하다.

# 3

모세는 기도하였다.

"오, 주여! 어디에서 당신을 찾을 수 있겠습니까?"

신은 말씀하셨다.

"그대가 나를 부를 때, 이미 나를 찾은 것이니라."

어떤 사람이 유목민에게 물었다.

"그대는 어떻게 신이 계심을 알고 있는가?"

유목민이 대답했다.

"먼 동이 트는 데 횃불이 필요할까요?" 라고.

신은 사상이나 상상을 훨씬 초월하여 계신다. 신이 존재한다는 것을 이해하거나 파악하고자 할 때는 우리는 이미 신을 잃은 것이다. 신에 상응하는 말을 찾고자 애쓰는 것은 얼마나 부질없는 것인가? 우리들은 침묵 속에서 신을 경외하는 것으로 만족하자.

– 아라비아 잠언

유대 나라에서는 하나님의 이름을 부르는 것을 죄악으로 여긴다.
신의 이름이 입에 오르내리는 것을
금하는 사상의 근거는 깊고 진실하다.
정신적인 것에 이름이 없는 것과 같이 신은 이름이 있을 수 없다.
이름이란 물질적인 것이지 정신적인 것은 아니기 때문이다.
신은 정신이다. 어떤 이름에 의하여 정의될 수는 없다.
신의 정의를 내리고자 하는 모든 시도는 진정 모독이다.

# 스라트의 찻집

스라트는 인도의 도시 이름이다. 그 거리에는 한 찻집이 있었다. 거기에는 여러 나라에서 온 나그네들이 모여들어 서로 이야기를 하고 있었다. 하루는 그곳에 위대한 페르시아의 신학자가 들렀다.

그는 신에 관하여 여러 가지 글을 쓰고 연구했다. 지식을 폭넓게 쌓아서, 머리 속에 그 모든 것을 간직하였다. 그 결과 이 신학자는 신을 믿지 못하게 되어 버렸다. 페르시아 왕은 그 사실을 알고, 그를 국외로 추방하고 말았다.

이렇듯 불행한 이 신학자는 일생을 바쳐서 신에 대하여 연구하다가 머리가 돌아버렸다. 그는 지식 이상의 것이 필요하다는 것을 깨닫지 못했고, 이 세계를 지배하는 것은 오직 지식밖에 없다고 생각했던 것이다.

이 신학자는 아프리카 노예를 거느리고 있었다. 어디를 가나 그 노예를 데리고 다녔다. 신학자가 찻집으로 들어가자 노예는 문 저 편에 발걸음을 멈추고, 햇볕이 따뜻한 뜰에 주저앉아 날아드는 파리떼를 쫓고 있었다. 신학자는 찻집의 안락한 의자에 앉아 아편을 가져오라고 명령했다. 아편을 피우고 있으니 머리가 흥분되어 왔다. 신학자는 노예를 향하여, "이놈아, 너는 신이 있는지 없는지 알고 있나?"

"물론 계시지요!" 하고 노예가 대답하였다. 그리고는 곧 허리띠를 풀고 작은 나무로 만든 우상을 하나 꺼냈다.

"자, 주인님. 이것이 신이지요. 제가 살아 있는 동안 저를 보호해 주는 신이지요. 우리나라 사람들은 모두 이 신을 믿고 있죠."

신학자와 노예가 이야기하는 것을 듣고 있던 사람들은 깜짝 놀랐다. 신학자의 질문에도 놀랐으나, 노예의 대답에는 더욱 놀랐던 것이다. 노예의 대답을 듣고 있던 브라만교도 한 사람이 노예를 향하여 말했다.

"불쌍한 미치광이! 머리가 돌았군! 신이 인간의 허리띠 속에서 나와서야 될 말인가? 신은 한 분 밖에 안계시다. 그것은 브라만님이시다. 브라만님은 이 세상의 그 누구보다 위대하다.

왜냐하면 이 세상은 브라만님께서 만드신 것이니까 브라만님이야말로 한 분의 위대한 신이시다. 이 신에게는 갠지스강 가에 신전이 있고, 진심에서 우러나온 희생으로 브라만교도들이 섬기고 있다.

우리 교도들은 모두 참된 신을 알고 있는 것이다. 이미 2만 년 전 까마득한 옛날부터이다. 그리고 이 세상이 뒤집혀질지라도 우리 교도들은 조금도 변함이 없을 것이다. 왜냐하면 오직 하나의 참된 신이신 브라만님이 우리를 보호해 주시니까."

브라만교도는 청중들까지 설복하려고 생각한 것 같다. 그러나 거기에는 유대인의 환전업자가 있어서 그 말에 반대하고 나섰다. 그 환전업자는 말했다.

"참된 신의 신전이 인도 따위에 있다니 말도 안된다구! 신께서 브라만교도들의 복잡한 계급의 구별 따위를 보호해 줄 리가 있나! 참된 신은 브라만 같은 것이 아니라 여호와이시다.

그리고 진짜 신은 우리 이스라엘 백성들만을 선민으로 불러 보호해 주신다. 신은 이 세상이 시작했을 때부터 오직 우리 민족만을 사랑하셨다. 지금은 우리 민족이 지상에 흩어져 있으나 그것은 신의 시련에 불과하다. 신은 마침내 약속하신 바와 같이 신의 백성인 우리를 예루살렘으로 모으실 것이다. 그때에는 옛날과 같은 기적이 일어나서 예루살렘의 성전이 이스라엘 사람들을 온 세계의 지배자로 삼을 거야."

유대인은 그렇게 말하고 눈물을 흘렸다. 그는 좀 더 말하고 싶은 것 같았으나 거기에 있던 이태리 사람에게 말문이 막혔다. 그 이태리 사람은 말했다.

"거짓말 마시오. 당신은 신에게 옳지 못한 일을 빌고 있소. 신께서는 어떤 특정한 민족을 다른 민족보다 더 사랑할 수는 없는 거요. 그 반대로 만일 신이 이스라엘 민족을 보호해 주시는 것이라면, 왜 신이 노하시어 이스라엘 민족을 찢어 이 지상에 흩으시고, 그 신앙을 전하게 하지 않고 어디선가 막아버리시고 이미 1,800년이나 지나게 하셨지요?

신께서는 어떤 민족 만을 특별히 사랑하시는 일은 없고, 구원을 바라는 모든 자를 돌보아 주시는 거요. 이러한 일은 참된 로마 카톨릭교회의 가슴에 있는 일입니다."

이태리 사람은 이렇게 말하였으나, 거기에 있던 신교의 사제는 얼굴을 붉히며 그 카톨릭교 전도자에게 대답하였다.

"구원이 오직 그대들의 교회에만 있다고 어떻게 주장할 수 있습니까? 성경에 의하여 또는 진실로 예수 그리스도를 영접하여 믿고, 그 원칙에 따라 살아갈 때 모두 구원을 얻는다는 것을 알아두시오."

그때 스라트 거리의 세관에 근무하는 터키인이 엄숙한 얼굴로 두 사람의 그리스도교도들에게 항의하듯 말하였다. 이 터키 사람도 거기에 앉아서 긴 담뱃대로 담배를 피우고 있었다.

터키인이 말했다.

"자기 멋대로 로마교회를 믿어봐야 아무 소용없어요. 그대들이 믿고 있는 것은 이미 600년 전에 마호멧의 참된 교훈으로 바뀌어 버렸어요. 그리고 그대들도 알고 있지만 마호멧의 가르침은 유럽이나 아시아의 각 지방으로 전파되고 있어요. 옛부터 문명이 발달한 나라인 저 중국에까지 퍼져가고 있지요.

사실 신께서는 유대인들을 가까이 하시기를 꺼리고 계시단 말이오. 그 증거로 유대인들은 어디를 가나 박해를 받고 그 종교는 널리 퍼지지 못하고 있죠. 그러나 마호멧의 교훈은 어디든지 받아들여지고 끊임없이 전파되고 있소. 이것이야말로 마호멧의 교훈이 참된 진리라는 증거가 아니겠소.

신의 최후 예언자 마호멧을 믿는 자만이 구원을 받는 것이고, 오마라를 따르는 자만이 구원을 받을 것이요. 알라를 따르는 자는 구원을 받지 못하오."

이 말을 듣고 있던 알라의 종파에 속하는 페르시아의 신학자가 반대하려고 했다. 그러자 그 찻집에 모였던 각양각색의 신앙에 속한 사람들 사이에 큰 논쟁이 벌어졌다. 거기에는 카톨릭교의 수녀나, 라마교의 승려 그리고 배화교도들도 있었던 것이다.

모두들 "신이란 무엇이냐" 라는 문제에 대하여, 또는 "어떻게 봉사해야 할 것인가" 에 대하여 논쟁하고 있었다. 모두가 자기 나라 사람만이 참된 신을 알고 있으며, 신을 제대로 섬기는 방법을 알고 있다고 주장했다.

모두들 변론하고 떠들어대고 있었으나 그 자리에 있던 오직 한 사람, 공자를 연구하는 중국인만이 논쟁에 끼어들지 않고 조용히 앉아 있었다. 그는 차를 마시면서 사람들의 논쟁에 귀기울이고 있었다. 그러면서도 그는 한마디 말도 없었다. 터키 사람이 논쟁을 하다가 그를 발견하고 그에게 말을 걸었다.

"내가 말하는 것이 옳지 않습니까? 당신은 말이 없으나 제 의견에 동감이지요? 저는 요즘 중국에도 여러 가지 교훈이 들어가고 있는 줄 알고 있는데요. 당신 나라의 상인들이 나에게 이렇게 말한 적이 있어요. 중국에서는 마호멧의 가르침이 제일 좋은 진리라고 하여 모두 그것을 믿고 있다고 하더군요. 당신도 저의 편에 동의하시지요. 그리고 진정한 신과 그 신의 예언자에 대하여 생각한 바를 말해 주십시오." 그러자 다른 사람들도 모두 중국인 쪽으로 얼굴을 돌리고, "그래요. 당신의 생각을 말씀해 주십시오." 라고 말했다.

공자를 연구하고 있는 그 중국인은 눈을 지그시 감고 무엇을 생각한 후, 드디어 눈을 뜨고 넓은 두 소매에서 손을 뺐다. 그리고 가슴에 두 손을 깍지를 끼면서 조용하고 평화스럽게 말했다.

"여러분! 나는 여러분이 자기애를 고집하시니 신앙의 문제에 일치할 수 없다고 생각합니다. 만일 인내를 가지고 저의 말을 들어주신다면 예를 들어 말씀드리겠습니다.

저는 영국 여객선을 타고 중국에서 여기 스라트에 왔습니다. 도중에 식수를 마련하기 위해 잠시 스말타 섬의 동쪽 해안에 정박했습니다. 정오 경에 상륙하여 주민들이 사는 마을에서 멀지 않은 야자수 그늘 아래 자리를 잡았습니다. 모두 다른 나라에서 온 사람들 뿐이었습니다.

그때 우리들이 쉬고 있는 곳으로 장님 한 분이 왔습니다. 후에 안 일이지만 그는 태양을 너무 열심히 바라보고 있다가 눈이 멀어버렸답니다. 그는 태양이 무엇인지 정말 알고 싶었던 것이지요. 그는 태양의 광선을 자기 손에 넣고자 그것을 알고 싶었던 것이죠.

그는 오랫동안 노력하고, 과학도 여러 가지로 연구하였습니다. 그는 결국 햇빛을 손에 조금 넣고는 병 속에 집어 넣어두려고 생각했던 것입니다. 그래서 끊임없이 태양을 바라보고 있었습니다. 그러나 아무 것도 얻지 못하였습니다. 다만 그 결과로 눈을 다치고 마침내 장님이 되어 버렸을 뿐입니다.

그때 장님이 스스로 말하였습니다.

"태양의 광선은 액체가 아니다. 만일 액체라면 그릇에 담을 수도 있을 것이고, 바람이 불면 물결처럼 출렁거리기도 할 것이다. 태양광선은 불도 아니다. 불이라면 물을 끼얹으면 꺼질 것이다. 그것은 정령(精靈)도 아니다. 왜냐하면 눈에 보이기 때문이다.

육체도 아니다. 왜냐하면 스스로 움직일 수 없기 때문이다. 만일 태양의 광선이 액체도, 불도, 정령도, 육체도 아니라면 결국 그것은 무(無)이다."

그는 그렇게 생각하였습니다. 그리고 항상 태양만 바라보고 태양만을 생각하고 있던 결과, 시력을 잃어버림과 동시에 이성(理性)마저도 잃어버렸던 것입니다. 그가 완전히 장님이 되어버렸을 때 그는 동시에 태양이란 존재하지 않는다고 믿게 되었습니다.

그런데 그 장님이 앉아있는 곳으로 왔을 때 노예 하나가 따라왔습니다. 노예는 주인을 야자수 그늘 아래 앉혔습니다. 노예는 야자수 열매를 집어들고 황초를 만들기 시작하였습니다. 열매의 속으로 심지를 만들고, 그것을 껍질 속에 짜 놓은 기름 속에 담갔습니다. 노예가 일하고 있을 동안, 장님은 한숨을 쉬면서 노예에게 말하였습니다.

"이봐, 거기 있나? 나는 진실을 말하지만, 태양이 있긴 뭐 있어? 보아라, 이렇게 캄캄하지 않은가? 그런데 세상 것들은 햇님, 햇님하고 떠들어대는 거야. 도대체 태양이란 무엇이냐?"

"태양이 무엇인지 저는 모릅니다. 저는 몰라도 상관없어요. 그저 저는 그 빛을 알고 있습니다. 이렇게 황초를 만들고 있는 것은 밤이 되면 불이 필요하기 때문이죠. 빛이 있기 때문에 집안에서 주인님을 섬길 수 있고 무엇이든 찾아볼 수 있는 것입니다." 노예는 대답하였습니다.

그리고 노예는 열매 껍질을 집어들고 말하였습니다.

"이것이 나의 태양입니다."

그때 거기에 지팡이를 의지하는 절름발이가 있었던 것입니다. 그는 이 두 사람의 이야기를 듣고는 껄껄 웃었습니다. 절름발이는 장님에게 말하였습니다.

"그대는 태양이 무엇인지 모르는가? 그대는 태어날 때부터 장님이구려. 내가 태양이 무엇인지 가르쳐 주지. 태양은 불덩이요. 이 불덩이는 매일 아침 바다에서 올라와서는 밤마다 이 섬의 산 뒤에 숨어버리지요. 이 사실은 누구든지 보고 있는 일이요. 눈만 뜨고 있으면 그대에게도 보일 텐데." 거기에 앉아 있던 어부가 이 말을 듣고는 절름발이에게 말하였습니다.

"그대는 이 섬 밖으로 나가 본 일이 없구려. 만일 그대가 절름발이가 아니어서 배를 타고 바다로 나갈 수 있다면, 태양은 이 섬 뒤에 숨은 것이 아니라 매일 아침 바다에서 솟아오르듯이 매일 밤마다 숨는다는 것을 알 수 있어요. 이것은 아주 확실한 것입니다. 내가 매일 이 눈으로 똑똑히 보는 일이니까."

인도인이 이 말을 듣고 이렇게 말하였습니다.

"이것은 놀라지 않을 수 없는데요. 식견이 높을 법한 사람들이 그런 어리석은 말을 하다니. 태양이 불덩이라면 바닷물에 빠져도 왜 꺼지지 않을까요? 태양이 불덩어리라니 말이 되는가? 태양은 신이십니다. 그 신의 이름은 테에와이지요. 이 신은 스텔우부야의 금산(金山) 주위의 하늘을 마차를 타고 돌고 계시는 거요.

언젠가 한 번은 이런 일이 있었지요. 라구우라는 뱀과 케토우라는 뱀이 이 테에와님께 달려들어 칭칭 감아 버렸습니다. 그래서 이 세상이 한때 캄캄하게 되었습니다. 그러나 우리들 테에와님의 신도들이 신의 자유를 빌자 곧 원상태로 회복되셨지요. 자기가 살고 있는 섬 밖으로 나가 본 일이 없고, 세상을 모르는 당신들 같은 사람이나 태양은 자기들 섬만을 비치고 있는 것으로 생각하고 있는 거지요."

이번에는 역시 그 곳에 있던 이집트인 선장이 말하였습니다.

"아닙니다. 그것은 거짓말입니다. 태양은 신도 아니고, 인도의 금산주위만을 돌고 있는 것도 아닙니다. 나는 흑해와 아리비아의 연안을 항해한 일이 있고, 다마스커스에도, 필리핀 군도에도 가본 일이 있습니다. 그러나 태양은 그 어느 곳에도 비치고 있었습니다. 인도 뿐만이 아니라 태양은 어떤 산 주위 만을 돌고 있는 것이 아닙니다.

태양은 일본의 바닷가에서도 솟아오르는 것입니다. 그래서 그 나라에서는 자기 나라를 '해돋는 나라'라고 부르고 있습니다. 그리고 태양은 아주 먼 영국의 섬에서도 떠오르는 것입니다. 나는 그것을 잘 알고 있어요. 왜냐하면 내 자신도 항상 봐왔고 증조부 할아버지에게서 많은 이야기를 듣고있기 때문입니다. 나의 증조부는 지구의 끝에서 끝까지 항해하고 오신 분이거든요."

그 이집트인은 무엇인가 더 말하고 싶은 모양이었으나, 우리들이 타고 있던 여객선의 영국인 선원이 가로챘습니다.

"태양이 어떤 길을 걷고 있는가를 잘 알기 위해서는 영국밖에는 없습니다. 우리 영국에서만이 태양의 모든 것을 잘 알 수 있습니다. 영국에는 태양이 질 날이 없습니다. 영국은 지구상의 어디에나 존재하고 있으니까요.

태양은 지구의 주위를 돌고 있습니다. 우리는 이 사실을 잘 알고 있지요. 왜냐하면 우리들 자신도 지구 위를 돌고 있는데, 가는 곳마다 태양은 여기에서처럼 아침에 떠서는 밤이면 지는 것입니다. 그러나 우리는 태양에 부딪친 일이 없기 때문입니다."

영국인은 지팡이를 들고 모래 위에 원을 그리고, 어떻게 해서 태양이 지구의 주위를 돌고 있는가를 설명하고자 했습니다. 그러나 그는 잘 설명할 수 없었으므로, 여객선의 키잡이(조타수)를 가리키면서 말하였습니다.

"저 사나이는 나보다 배움이 많으니 더 잘 설명해 주실 것입니다."

조타수는 지식이 풍부한 사람이었습니다. 모두는 조용히 이야기를 듣고만 있었습니다. 자기에게 질문이 돌아오기까지는 가만히 듣고만 있는 것이었습니다. 그러나 이번에는 모두들 자기 쪽을 돌아보았으므로 그는 이야기를 시작하였습니다.

"당신들은 모두 서로 속이고 있습니다. 동시에 자기 자신도 속이고 있습니다. 태양이 지구의 주위를 돌고 있는 것이 아닙니다. 지구가 태양의 주위를 돌고 있는 것입니다. 24시간 동안 일본이나 필리핀 군도, 수마트라, 아프리카, 유럽, 아세아 그 밖의 모든 땅도 태양을 향하여 자전하면서, 동시에 태양의 주위를 공전하고 있습니다.

태양은 단순히 어떤 산이나 섬을 위하여 비추고 있는 것이 아닙니다. 지구를 비추고 있듯이 다른 많은 유성들도 비추고 있습니다. 우리들이 자기의 발 밑 만이 아니라 하늘을 쳐다본다면 이 사실은 누구나

알 수 있습니다. 따라서 태양은 자기나 자기 나라만을 비추고 있다고 생각되지 않을 것입니다."

현명한 조타수는 이렇게 말하였습니다. 그 조타수는 지구의 어느 곳에도 가 보았고, 참으로 하늘을 잘 관찰하고 연구한 사람이었을 것입니다."

공자를 연구한 중국인은 이렇게 말하고 또 말을 계속하였다.

"그렇습니다. 사람들이 신앙에 대하여 과오를 범하고 일치하지 않는 것은 자기애를 고집한 까닭입니다. 태양의 이야기는 곧 신의 이야기입니다. 모든 국민들은 자기들 신전에 온 세계를 포용할 수 없는 그러한 신을 모시려 하는 것입니다. 그러므로 이 같은 신전은 모든 사람들을 하나의 교훈, 하나의 신앙에 결합시키고자 신께서 세우신 신전과 비교할 수 있을까요?

모든 인간의 신전은 신의 세계를 상징하여 만들고 있습니다. 그 안에는 세례반, 궁륭(穹窿), 등화, 성상, 액자, 법률 책, 희생, 제단, 사제가 구비되어 있습니다. 그러나 그와 같은 신전에는 태양 같은 세례반이나 천공 같은 궁륭이나, 태양이나 달이나 별 같은 등화나, 살아 있는 듯이 사람을 사랑하고 도와주는 성상이 있을까요? 모든 사람들에게 공평을 원칙으로 하는 법률 책이 어디 있을까요? 이웃에 대한 사랑인 자아 부정이라고 할 수 있는 희생이 어디 있습니까? 그 위에서 신께서 기쁘게 받으시는, 즉 선한 사람의 심장과 같은 제단이 어디 있습니까?

신을 이해하는 정도가 높으면 높을수록 사람들은 신을 잘 아는 것입니다. 신을 잘 알면 알수록 신에게 가까이 간 것이고, 은총과 인간에 대한 신의 사랑을 본받음이 많은 것입니다. 그러므로 사람들은 이 세상을 빈틈없이 채우고 있는 빛을 남김없이 보아야 합니다. 그리고 자신의 우상 속에서 그 빛의 일부 만을 보면서 남의 미신을 비방하고 무시해서는 안됩니다. 그리고 아예 장님이거나 빛을 볼 수도 없는 무신앙자들도 멸시해서는 안될 것입니다."

공자를 연구하는 그 중국인은 그렇게 말하였다. 그러자 그 찻집에 함께 있던 사람들은 모두 입을 다물었다. 누구의 신앙이 옳고 그르다는 따위의 논쟁은 더 이상 없었다.

– 생피에르

　　사람이 사람을 돕는다는 말이 있다. 사람은 남의 도움 없이는 살아갈 수 없기 때문이다. 그러나 그 도움은 서로 주고받는 것이어야 한다. 우리들의 생활은 서로 관련성을 가지고 있는 것이다. 또 어떤 사람은 그저 남의 도움을 이용할 따름이다. 이런 자들이 사회를 좀먹는 것이다.

## 1

　　인간은 자기 이전의 시대에 살던 사람들과 동시대에 살고 있는 자들의 노력의 결과로 많은 혜택을 누리고 살아가는 것이다. 그러므로 자기가 얻은 것을 남에게 줄 수 있도록 남을 위하여 일하여야 한다.

## 2

　　그것이 무엇이든 간에 어떤 것을 얻어 이용하려면 다음의 사실을 잊어서는 안된다. 즉 그것은 근로의 소산이고 그것을 낭비하거나 상실하거나 파괴하는 것은 인간의 근로를 잊고 인간의 삶을 낭비하는 것이라는 점을 망각해서는 안된다.

　　설령 중개인이 물품을 돈으로만 계산하더라도 그 물품은 그대의 형제인 인간에 의하여 만들어졌기에, 그대는 근로의 정신을 존중하여야 한다. 또 그 존중의 표시는 동족의 근로의 소산인 물품을 소중하게 사용하는 데 있다.

## 3

부유한 사람들은 물품을 살 때 사준다는 것 이상의 생각은 하지 않는다. 그러나 노동자와 소비자 사이에는 매우 밀접한 관계가 있다는 것을 잊어서는 안된다. 우리 그리스도교인들 마저도 그 점에 대해서는 아주 무관심하다.

노동자들은 그 일생을 바쳐서 아무리 불결하고 험한 일이라도 우리들을 위해 일하는 것이다. 우리들은 그저 임금만 주면 되는 것으로 생각한다. 그러나 그들도 우리들의 형제이다. 그들이 돈 때문에 일했을 뿐이라고만 생각한다면, 우리는 서로 인간관계를 맺을 수 없다. 그들이 우리를 위하여 노력한다면 우리들은 함께 먹고, 함께 즐기고, 함께 배우지 않으면 안된다.

인간은 상부상조해야 한다.
그 상호협조는 자발적인 것이 아니면 안된다.
그리고 자기 동족의 도움을 받는 자들은
그저 금전만으로써만이 아니라
존경과 감사, 동포의 생활에 대한 친화로써
그 대가를 지불해야 한다.

신앙적 변화

인간의 생활에 있어서 가장 중요한 변화는 신앙적 변화이다. 그리고 그 변화는 현대에 있어서 가장 뚜렷한 변화라고 생각된다.

# 1

예수는 자기의 생명이 종말에 가까워 오자 다음과 같은 두 가지 문제를 깊이 생각했다. 하나는 그리스도의 이름을 악용하는 경우이고, 다른 하나는 파괴적인 충격을 받고 난 뒤, 그리스도의 규범의 확립을 철저히 하는 것이었다.

예수께서는 자기의 제자나 자기를 따르는 사람들에게 사이비 그리스도, 사이비 예언자가 출현하리라는 것 그리고 그들이 어떠한 기적을 보이더라도 그들에게 현혹되어서는 안된다고 경고하였다. 그들은 권력을 잡을 것이다. 이 권력은 가장 현명한 사람들까지도 유혹할 수 있는 것이다.

그렇다면 왜 사이비 그리스도일까? 비록 그들의 형식이 그리스도교와 같더라도 그것은 그리스도교적이 아니기 때문이다. 그들을 어떻게 분별할 수 있을까? 열매를 보고 나무를 분별하듯이 판단하는 것이다.

이 사이비 그리스도나 사이비 예언자는 계속 나타날 것이다. 이들의 출현과 함께 사회는 불안하게 되고, 민족이 민족을 치고, 권세와 폭력이 난무하고, 암흑이 만연하고, 대지의 기초가 흔들리고, 모든 뿌리가 내리지 못할 동안에도 종말은 다가오고 있음을 알아야 한다. 그리하여 그리스도가 지배하는 세계가 도래할 것이라고 선언하셨다.

이 참된 그리스도의 세계는 아득한 먼 장래의 일이 아니다. 왜냐하면 사이비 그리스도나 거짓 예언자의 낡은 세계는 분명히 사라져 가고 있기 때문이다. 결국 사람들은 희망 속에 마음을 두고 있는 것이다.

*– 라므네*

## 2

옛날에 사람들의 불행을 보고 예언자가 말했다. 그대들은 신을 잊고 있다. 신의 길로부터 벗어나 있다. 그렇지 않고서야 그토록 불행할 수가 없다. 그대들은 영원의 규범에 따라서 살고 있지 않다. 영원의 법칙을 지도자로 삼지 않았다. 거짓된 법칙을 따르고, 기만을 좇고, 의식적으로 진실을 존중하지 않는다.

*– 칼라일*

## 3

옛날과 마찬가지로 현대에 있어서도 다음과 같이 말할 수 있을 것이다.

"아! 예루살렘아! 예루살렘아! 너에게 보낸 예언자들을 거절하고, 더구나 돌로 때려죽이려는 예루살렘아! 나는 몇 번이고 마치 어미닭이 병아리를 날개 밑에 품듯이 너희 자녀들을 안고자 했는데 너는 번번이 거절했던 것이다." 라고.

*– 맬러리*

## 4

　내가 오래 살면 살수록 그만큼 많은 일이 내 앞에 나타난다. 우리들은 중요한 시기에 살고 있다. 사람들 앞에 지금처럼 많은 일이 쌓여 있는 시대는 없었다.

　우리들의 시대는 혁명의 시대이다. 물질적 혁명이 아닌 도덕적 혁명의 시대이다. 사회의 건설과 인간의 완성에 대한 높은 사상의 혁명이다. 우리는 그것을 수확할 때까지 살 수 없을지도 모른다. 그러나 신앙과 더불어 수확되는 것은 큰 행복이다.

*- 찬닝*

## 5

　어떤 사상가에 의하면 인간은 '영원히 배우는 자'이다. 사람은 죽는다. 그러나 그들이 사색한 진리, 그리고 그들이 밝혀 둔 진리는 그들과 함께 영원한 것이다. 인류는 모든 것을 보고(寶庫)에 보존한다. 인간은 옛사람의 무덤에서 얻어진 모든 것을 이용하는 것이다.

　우리들은 누구나 태어날 때부터 옛사람들이 근로의 열매로 맺은 사상이나 신앙적 분위기 속에서 성장한다. 그러므로 우리들은 누구나 무의식 중에 선조에게 물려받은 특징을 지니고 있다.

　유한한 삶을 살아가지만 우리들은 어딘가 비어있는 자리를 채우기 위해 태어난 것이다. 우리들은 죽어 간다. 인류의 교육은 느리기는 하나 새벽 하늘에 먼동이 트듯 그 빛을 더해 가면서 완성을 향하여 굳세게, 진실하게 그리고 진보적으로 전진해 나가는 것이다.

*- 마치니*

종교가 불변하다는 주장은 단지 기만에 불과하다.
종교의 불변을 믿는 것은 마치 자기가 타고 있는 나룻배가
움직이지 않는다고 믿는 것과 같다. 그와 반대로
끊임없는 인류의 진화는 종교의 진화에 의거하고 있는 것이다.

 ## 생활 속에서의 승리

만일 어떤 사람이 남을 두려워한다면 그는 신을 믿지
않는 부류이다.

### 1

만일 그대가 착한 일을 충분히 실행할 수 없다 하더라도, 낙담
하거나 절망해서는 안된다. 만일 그대가 가치 있다고 생각하던
높은 자리에서 떨어졌다면 다시 올라가도록 노력하라. 인생에서
의 시련은 겸양으로써 인내하라. 그리고 스스로 물러나서 처음
의 자기로 돌아가라.

– 아우렐리우스

### 2

자신의 생활 속에서 계속 승리를 거두는 사람을 존경하라. 그
런 사람은 무한한 것, 영원한 것을 향하여 나아가며 고난 속에서

도 스스로에 대한 지지를 발견하고 있는 자이다. 그는 남달리 빛나지 않고, 또 빛나기를 바라지도 않는 자이다.

— 에머슨

## 3

모든 위대한 진리가 인류의 의식 속으로 들어오기 위해서는 반드시 세 가지 단계를 거쳐야 한다. 첫째는 무엇이라고 논의할 필요도 없을 만큼 어리석은 것이다. 둘째는 이런 것은 도덕적이 아니며 종교에 위배된다. 셋째는 이런 것은 벌써 옛날부터 누구에게나 다 알려진 일이다.

## 4

세상 사람들이 모두 비방하는 사람 속에서 착한 사람을 발견하라.

만일 그대가 신의 권능 안에서 자기자신을 의식하고 있다면,
남들은 그대에게 아무런 짓도 할 수 없으리라.

**높은 지혜는 화합과의 일치 속에서 얻어진다.**

## 1

남의 말을 들을 때에는 주의깊게 듣고 말은 적게 하여야 한다. 그대에게 묻지 않는 질문에는 결코 대답하지 말라. 그러나 그대에게 무엇을 묻거든 간단하게 대답하라. 알지 못하는 것을 결코 부끄러워 말라. 논쟁을 위한 논쟁은 피하라. 결코 뽐내지 말라. 신분 이상의 높은 자리는 탐내지 말라. 비록 그것이 그대에게 제공된다 할지라도.

또한 지나친 공손은 피하라. 왜냐하면 그것은 남에게나 자기에게도 지나친 공손을 강요하는 것이고, 그렇게 되면 서로 불쾌감만 느끼게 될 뿐이다.

어느 것이나 자기 의무에 위배되지 않는 한 이웃의 습관이나 희망을 쫓아라. 그대의 의무를 저버리는 것이나 이웃의 편의에 일치하지 않는 것은 그 무엇도 하지 말라. 그와 같은 버릇은 우상이 되기 쉽다. 모든 사람은 자신의 우상을 파괴하여야 한다.

– 스피파(派)의 잠언

## 2

오직 남의 눈에 의해서만 그대의 결점을 볼 수 있다.

– 중국 속담

## 3

모든 인간은 타인 속에 자기를 비추는 거울을 가지고 있다. 그 거울에 의하여 자신의 죄나 단점을 뚜렷하게 비춰볼 수가 있는 것이다. 그러나 우리는 대개 이 거울에 대하여 개처럼 행동하고 있다. 거울에 비치는 것이 자기가 아니라고 개처럼 짖어대는 것이다.

— 쇼펜하우어

## 4

세 사람이 모이면 반드시 두 사람은 스승이다. 즉 나는 그 중에 좋은 사람을 본받으려 하며, 악한 자를 볼 때는 스스로를 바르게 하려고 애쓴다.

— 중국 명언

## 5

나는 나의 스승들로부터 많은 것을 배웠다. 나의 동료들로부터는 그 이상의 것을 배웠다. 그러나 나의 제자들에게서는 무엇보다도 더 많은 것을 배웠다.

— 탈무드

## 6

남의 악을 응징하고자 할 때에 그 사람 속에 있는 신을 다치지 않게 조심하라.

— 만슬 L. 호라이

## 7

죄는 미워하되 사람은 미워하지 말라.

공동 생활을 할 때, 사람과 사람의 결합에서
얻는 것이 많다는 것을 잊지 말라.

## 3월 29일 절제

　　　인간은 모든 정욕을 극복할 수 있음을 알고 있다. 설령 정욕이 그를 압도한 것을 느낄지라도 그것은 정욕을 극복할 수 없음을 증명하는 것이 아니다. 그것은 그저 정욕을 극복하지 못했음을 증명하는 것에 불과하다.

　　마부는 자기 말이 곧 멈추지 않는다고 고삐를 내동댕이치지 않는다. 더욱 고삐를 바짝 잡는다. 그래야 말이 멈춘다. 절제를 위한 정신적 고삐도 이와 마찬가지이다. 끝까지 놓쳐서는 안되는 것이다.

### 1

이성에 의하여 감정을 지배하는 것 이것이 절제의 의의이다. 절제에 대하여 어떤 목사는 이렇게 말하였다.

"절제는 덕성이 아니다. 그것은 덕성의 위대한 사업이다."

　　　　　　　　　　　　　　　　　　　　　　　　　- 존슨

### 2

폭식하는 자는 나태를 극복할 수 없다. 폭식하고 나태한 자는 성적인 정욕을 극복하는 힘이 없는 자임에 틀림없다. 그러므로 어떠한 교훈에서도 절제에 대한 노력은 많이 먹는 욕망과 싸우는 데서부터 시작된다.

## 3

인간의 정욕은 처음에는 거미줄과 같이 가느다란 줄이지만 나중에는 그물이 되고 만다. 정욕은 처음에는 남과 같이 보인다. 다음에는 방문한 손님같이 보이고, 마침내는 그 집의 주인이 되어 버리고 마는 것이다.

– 탈무드

## 4

누구도 자신에게 이기고 자기 자신을 지배하는 자의 승리를 뺏을 수는 없다.

– 드하마파다

절제란 단번에 되는 것이 아니다. 점진적으로 달성된다.
그러나 모든 인간 생활의 과정은 정욕을 강화하고자 함이 아니라,
정욕을 약하게 하려는 것이다. 시간은 절제를 위한
그대의 노력에 협력할 것이다.

## 3월 30일 선의 힘

**선은 미덕이며 기쁨일 뿐만 아니라, 투쟁의 무기이기도 하다.**

### 1

죄인, 거짓을 좋아하는 사람 그리고 특히 그대를 손상시킨 자에게 선을 베푸는 일은 어려운 일이다. 그러나 그러한 자에게 선을 베푸는 것은 그 사람을 위하여, 또는 그대 자신을 위하여 필요한 일이다.

### 2

베드로가 와서 말했다.

"주여, 형제가 내게 죄를 범하면 몇 번이나 용서해 주리이까, 일곱번까지 하오리까?"

예수께서 가라사대, "네게 이르노니 일곱 번 뿐 아니라, 일흔 번씩 일곱번이라도 할지니라."

— 성경

### 3

만일 그대가 상대편에게 진리를 말하고자 할 때는 초조하게 굴거나, 악담이나 욕설을 하지 않도록 주의하는 것이 가장 중요하다.

— 에픽테투스

## 4

만일 어떤 사람의 과오를 발견한다면 친절하게 어떤 점이 잘못되었는가를 가르쳐 주어야 한다. 만일 그것이 잘되지 않으면 그대 자신을 반성하라.     — 아우렐리우스

그대가 남과 사이가 좋지 못할 때,
남이 그대에게 불만스런 태도를 보일 때, 남이 그대를
배신하였을 때는 그 사람에게 잘못이 있는 것이 아니다.
그대에게 선이 부족했다고 생각하는 것이 옳다.

## 3월 31일 뉘우침

    뉘우침은 자신의 죄악, 자신의 약점이 있는 모든 단계를 인정함을 의미한다. 뉘우침은 모든 악을 없애고 마음을 깨끗이 하는 것이며, 그리하여 마음이 선을 향하여 나아갈 준비를 하는 것이다.

## 1

자기의 잘못을 의식하는 것처럼 마음이 가벼워지는 일이 없다. 자기가 옳음을 인정하려고 하는 것처럼 마음이 무거워지는 일은 없다.     — 탈무드

## 2

자기 양심에 죄가 많은 사람일수록 남의 허물을 찾는다. 특히 죄책감을 느끼는 사람의 허물을 찾으려 한다. 뉘우침은 그 사람이 뉘우친 것을 앞으로 다시는 되풀이하지 않기로 결심할 때에만 진실이다.

## 3

착한 사람은 자기 허물을 인정하고 자기의 선행을 잊어 버리는 사람이다. 악인은 이와 반대의 사람이다. 자신을 용서하지 말라. 그러면 남을 용서할 수 있으리라.　　　　　　　　− 탈무드

## 4

죄를 착한 행동의 결과로써 덮어버리는 사람은 이 어두운 세상에서 마치 흐린 날의 밤을 비추어 주는 달과 같이 빛이 난다.　− 석가

## 5

힘이 있을 때 죄를 뉘우치는 자에게 복이 있으라. 힘이 아직 남아 있을 동안에 회개하라. 빛이 사라지기 전에 등불을 밝힐 기름을 채워라.　　　　　　　　　　　　− 탈무드

이 무한의 세계에 있어서 자기는 유한한 존재라는 의식, 그리고
자기가 할 수 있었고, 또 하지 않으면 안되었던 모든 일을
하지 못했다는 죄의식은 지금까지 계속 있었던 것이며,
또 인간이 인간인 한 언제까지나 존재할 것이다.

# 코르네이 바실리예프

## *1*

코르네이 바실리예프가 귀향했을 때는 쉰 네 살이었다. 숱이 많은 곱슬머리에는 아직 흰 머리카락은 보이지 않았다. 그저 거무스레한 구렛나루가 약간 희끗희끗할 뿐, 얼굴은 윤기가 있었으며, 목덜미는 굵고 힘있게 보였다. 도시 생활의 충분한 영양식으로 그의 건강한 육체는 온통 기름기가 돌고 있었다.

20년 전 코르네이 바실리예프는 전쟁 때 지원병이 되어 고향을 떠났다. 그리고 많은 재산을 가지고 돌아왔다. 처음에는 조그마한 가게를 운영했는데, 얼마 가지 않아서 정리하고 가축 장사를 시작했다. 체르카시에 가서 가축을 사서 모스크바로 수송했다.

가야 마을에 있는 양철 지붕 집에는 노모와 아내, 두 아이들 — 아들과 딸 — 과 15살의 조카가 살고 있었다. 이 조카는 고아인데다 벙어리였다. 그 외에 머슴이 한명 있었다.

코르네이는 재혼을 했다. 처음의 아내는 몸이 약하고, 병이 있어서 아이를 낳지 못하고 죽었다. 그 후 상당히 나이를 먹고서야, 이웃동네의 가난한 과부의 딸과 재혼했다. 아이들은 재혼한 아내에게서 낳은 것이다.

코르네이는 요즘 가축을 모스크바에 넘겨 3천 루불이 넘는 큰 돈을 벌었다. 코르네이는 자기 마을에서 그리 멀지 않은 곳에 있는 몰락한 지주로부터 식림지(植林地)를 사면 큰 이익을 얻을 것이라는 이야기를 마을 사람들에게 들었다. 장사를 한번 해 보고 싶었다. 그 방면의 장사에 전혀 문외한은 아니었다. 군대 생활을 하기 전에 산림 거래를 하는 장삿군 집에서 견습으로 일한 적도 있었다.

가야 지방으로 가는 간이역에서 코르네이는 애꾸눈 쿠지마라는 친구를 만났다. 쿠지마는 기차가 도착할 때마다 갈비뼈가 앙상한 말 두 마리가 끄는 썰매를 몰고 와서는 손님을 기다리는 것이다.

쿠지마는 가난했으므로 누구든 돈 많은 인간을 싫어했다. 그 중에서도 유독 코르네이를 싫어했다. 그는 코르네이를 코류뉴시카라고 천한 이름으로 불렀다.

코르네이는 털외투 속에 양가죽 코트를 입고 손에는 가방을 들고 있었다. 그는 정류장의 층계 앞으로 나가서 걸음을 멈추었다. 그리고는 배를 내밀고 크게 숨을 내쉬면서 사방을 둘러 보았다. 몹시 추웠다. 서리가 엷게 내리고 있었다.

"쿠지마 영감! 손님 있소? 없으면 날 태워 주시오."

하고 그는 말했다.

"1 루불 주면 태워다 주지요."

"70 카페이카면 어때."

"뚱뚱보 부자 영감이 가난뱅이에게 30 카페이카나 깎으면 되나요?

"그래? 좋아 좋아 태워 주게."

하고 코르네이가 말했다.

그리고 비좁은 썰매꾼 앞자리에 가방과 종이 꾸러미를 얹고, 자기는 뒷쪽 넓은 자리에 앉았다.

"어서 떠나게."

썰매는 정류장 앞 으슥한 곳을 나와서 평지 길을 달려갔다.

"시골에서 살기가 어때? 나는 괜찮지만."

하고 코르네이가 물었다.

"별 재미가 없죠 뭐."

"우리집 노모는 별일 없이 잘 지내던가?"

"예, 잘 있습니다. 언젠가 예배당에서 뵈었지요. 할머니도 무고하시고, 영감님의 젊은 새댁도 무고하시고 건강하시더군요. 그런데 요즘 젊은 머슴을 새로 두었어요."

쿠지마가 웃는 것이었다.

그 웃는 모습이 코르네이에게는 어쩐지 수상하게 생각되었다.

"그래, 어떤 머슴이 들어왔어? 표트르는 어쩌고?"

"표트르는 병을 앓고 있어서 카멩카에서 예프스찌구네이 벨루이를 데려 왔답니다." 하고 쿠지마는 대답했다.

"아주머님 마을에서 데려왔답니다."

"그래?" 하고 코르네이는 대답했다.

코르네이는 마르파와 혼담이 오고 갈 때에 예프스찌구네이에 대한 소문을 들었었다.

"여보세요, 영감?" 하고 쿠지마는 불렀다.

"요사이 계집들은 권세가 아주 당당해요."

"참, 그래." 하고 코르네이는 대답했다.

"그런데 영감 망아지도 많이 늘었군."

하고 화제를 딴 곳으로 돌리듯 덧붙여 말했다.

"나도 벌써 늙었으니 말도 나이를 먹었죠."

쿠지마는 코르네이의 말에 대답하고, 다리가 구부러진 말에 채찍을 내리쳤다. 가는 도중 주막집이 있었다. 코르네이는 그 집 앞에서 말을 멈추게 하고 썰매에서 내려 주막으로 들어갔다.

쿠지마는 빈 구유통을 실은 말을 몰고 가서 말 허리띠를 고쳐 매었다. 쿠지마는 내심으로 코르네이에게 술 한잔 얻어 마시게 되었다고 생각했다.

"어이, 쿠지마 영감 이리 들어오게."

코르네이는 문간에 나와서 불렀다.

"한잔 하세."

"예." 쿠지마 영감은 별로 서두르지 않고 느긋하게 대답했다. 코르네이는 보드카를 주문해서 쿠지마 영감에게 권했다. 쿠지마는 아침부터 아무것도 먹지 않아 곧 술이 올랐다. 그리고 갑자기 떠들기 시작하더니 코르네이 곁으로 다가와서는 마을 사람들이 수군거리는 소문을 귀띔해 주었다.

코르네이의 아내 마르파가 옛 애인을 머슴으로 데려와 같이 살고 있다는 것이었다.

"영감이 가여워서요."

얼큰히 취한 쿠지마가 말했다.

"정말 안될 일이죠. 모두들 웃음거리로 알고 있지요."

코르네이는 잠잠이 쿠지마의 이야기를 듣고 있었다. 그의 짙은 눈썹은 까맣게 빛나는 눈을 내려 덮었다.

"이제 더 마시지 않겠나? 하고 술이 떨어지자 그는 말했다.

"그만 하려면 이제 가세!"

그는 술값을 지불하고 떠났다.

그가 집에 도착했을 때는 저녁이었다. 처음 만난 것이 요스테구이 벨루이였다. 돌아오는 중에 그의 마음에서 떠나지 않던 사나이였다.

코르네이는 그와 인사를 주고 받았다.

공손하며 분주하게 일하는 예프스찌구네이의 야윈 얼굴을 보고 코르네이는 고개를 갸웃거렸다.

"늙은이가 거짓말을 했군."

하고 그는 쿠지마를 속으로 욕했다.

"아냐, 아직은 모르는 일이야. 더 두고 봐야지."

쿠지마는 선 채로 곁눈으로 요스테구이를 눈짓하고 있었다.

"자네가 우리 집 일을 돌보고 있는가?"

코르네이가 물었다.

"예, 영감님. 머슴살이라도 하지 않으면 살아갈 길이 없어서요." 하고 요스테구이는 대답했다.

"방에는 불을 땠나?"

"예, 할머님이 계셔서."

코르네이는 층계를 올라갔다. 마르파는 코르네이의 목소리를 듣고 현관으로 나왔다. 남편을 보더니 얼굴을 붉혔다. 그리고는 부끄러운 듯이 유달리 정답게 인사를 하는 것이다.

"어머님도 저도 이제는 다시 돌아오지 않을 줄로만 알고 있었어요." 하고 그녀는 말했다.

그리고는 코르네이 뒤를 따라서 내실로 들어왔다.

"내가 없는 사이 어떻게 지냈지?"

"전과 다름없이 지냈지요." 하고 그녀는 대답했다.

그녀의 치맛자락을 잡고 젖 달라고 칭얼거리는 두 살짜리 계집애를 안아 들었다. 그리고 큰 걸음으로 현관으로 걸어 나갔다. 코르네이와 꼭 같은 까만 눈을 한 모친이 실내화를 끌면서 내실로 들어왔다.

"참 잘 돌아왔다!"

모친은 머리를 흔들면서 말했다.

코르네이는 자기가 한 일에 대해 어머니에게 말씀드렸다. 그때 문득 쿠지마 영감 생각이 나서, 마차 삯을 주려고 밖으로 나갔다. 그가 현관으로 나가자, 눈앞에 아내 마르파하고 예프스찌구네이가 바깥 문 곁에 서 있는 것이 눈에 띄었다.

예프스찌구네이는 코르네이를 보더니 후다닥 마당으로 뛰어 들어갔다. 마르파는 사모왈 곁으로 가서 연기가 잘 나오지 않는 굴뚝을 만지기 시작했다. 코르네이는 몸을 굽혀 일하는 아내의 뒤를 말없이 지나갔다. 그리고는 짐을 들고 들어와 차를 한 잔 하라고 쿠지마에게 말했다.

차 마시기 전에 코르네이는 모스크바에서 가져온 선물을 집안 사람들에게 나누어 주었다. 모친에게는 명주 쇼올을, 페치카에게는 그림책을, 벙어리 조카에게는 조끼를, 그리고 아내에게는 비단 옷감을 주었다.

차를 마시기 사작했을 때 코르네이는 기분 나쁜 표정을 하고 잠자코 앉아 있었다. 가끔 너무 기뻐서 어쩔 줄 모르고 있는 벙어리를 보고는 억지로 웃었다. 벙어리 조카는 아주 마음에 드는 모양이다. 그는 조끼를 입고 제 손에 키스도 하고 코르네이를 보고 웃기도 했다. 차를 든 후 저녁 식사를 하고 코르네이는 내실로 들어갔다. 그곳은 아내 마르파와 딸하고 같이 자던 곳이었다.

마르파는 부엌에서 설겆이를 하고 있었다. 코르네이는 테이블에 앉아 아내를 기다리고 있었다. 아내에 대한 불쾌한 감정이 차츰 고개를 들기 시작했다. 그는 벽에 걸린 주판을 집어 호주머니에서 수첩을 꺼내 기분을 돌리려고 계산을 하기 시작했다.

그는 계산을 하면서도 문간으로 시선을 돌리기도 하고, 부엌에서 나는 소리에 귀를 기울이기도 했다. 두어 번 부엌문이 열리고 누가 현관으로 나가는 발소리가 들렸으나 아내의 발소리는 아닌 것 같았다.

마침내 아내의 발소리가 들리더니 문이 열리고 붉은 쇼올을 걸친 젊고 아름다운 아내가 딸을 안고 들어왔다.

"피곤하시죠?" 하고 아내는 미소를 지으면서 말했다.

남편이 불쾌한 표정을 하고 있는 것이 눈에 띠지 않는다는 듯이…… 코르네이는 그녀를 잠깐 쳐다보고는 아무 말 없이 계산하기 시작했다. 그러나 사실은 아무 계산도 하고 있지 않았다.

"여보! 밤이 깊었으니 그만 하세요."

하고 아이를 내려놓고 아내는 칸막이 저편으로 갔다. 그는 아내가 잠자리를 펴고 딸을 재우는 소리에 귀를 기울이고 있었다.

코르네이는 '모두들 웃고 있지 뭐예요'라고 쿠지마가 했던 말이 생각났다.

"그래! 어디 두고 보자."

하고 그는 무거운 숨을 내쉬면서 생각하고 있었다.

그리고 천천히 일어서서 연필을 조끼 주머니에 꽂고 벽에 주판을 걸었다. 그는 칸막이 쪽으로 갔다. 아내는 성상을 향하여 기도를 드리고 있었다. 그는 가만히 서서 기도가 끝나기를 기다리고 있었다. 작은 소리로 중얼거리기도 하였다.

그에게는 일부러 아내가 꼭 같은 말을 되풀이하면서 시간을 끌고 있다고 생각되었다. 그러나 그녀는 방바닥에 이마가 닿을 듯이 절을 하고는 일어서서 혼잣말로 기도하고 있었다. 그런 후 남편이 있는 쪽으로 얼굴을 돌렸다.

"여보! 아카시카는 벌써 잠들었어요."

그녀는 딸을 가리키면서 말했다. 그리고 미소를 지으며 소리가 나는 침대 위에 걸터 앉았다.

"요스테구이는 오래 전부터 와 있는 거야?"

그는 문 안으로 들어서면서 물었다.

그녀는 치렁치렁한 머리를 어깨에서 가슴에까지 늘어뜨리고 재빠른 솜씨로 풀기 시작했다. 그녀는 물끄러미 그를 쳐다보았다. 그녀의 눈은 웃고 있었다.

"예프스찌구네이 말씀이군요. 이삼 주일 전부터 와 있어요."

"너는 그 놈하고 그런 사이라면서?" 코르네이가 말했다.

그녀는 풀던 머리를 놓았다. 그러나 곧 다시 머리칼을 한 줌 쥐고 다시 풀기 시작했다.

"세상의 소문은 다 뜬소문이에요. 그런 녀석하고 같이 자다니!"

그녀는 '그런 녀석'이란 말에 힘주어 말했다.

"정말 엉터리예요."

"사실을 털어 놓아 봐."

하고 코르네이는 주머니에 손을 넣고 주먹을 불끈 쥐었다.

"그런 쓸데없는 소리 그만 합시다."

"나는 너에게 묻고 있는 거야."

하고 그는 되풀이했다.

"그 따위 녀석 일로 그렇게 흥분하시다니!"

그녀도 신경이 날카로워져서 말했다.

"도대체 누가 그따위 엉터리 이야기를 하던가요?"

"아까 현관에서 그 놈하고 무슨 이야기를 하고 있었어?"

"무슨 이야기라뇨? 구유통에 말먹이를 담아 주라고 했어요."

"나는 사실을 말하라고 명령하고 있는 거야. 바른 대로 말하지 않으면 죽여 버릴테야."

그는 아내의 머리카락을 휘어 잡았다.

그녀는 남편의 손에서 머리카락을 뽑으며 몹시 아픈 듯 얼굴이 일그러져 있었다.

"왜 이래요. 당신이 정말 나에게 잘해 준 것이 뭐 있어요? 이 따위 살림을 하라면 무슨 짓을 못하겠어요?"

"무슨 짓을 하겠나?"

그는 아내의 곁으로 다가가서 따졌다.

"왜 머리는 휘어 잡는 거예요. 머리가 빠지도록, 난 정말……"

그녀는 말끝을 맺지 못하였다.

남편은 그녀의 손을 잡아 침대에서 끌어내려서 머리, 옆구리, 가슴 할 것 없이 사정없이 때리기 시작했다. 그는 때리면 때릴수록 흉폭해졌다. 그녀는 고함을 치면서 도망치려고 애썼다. 그러나 그는 놓지 않았다.

딸이 놀라서 깨어나 어머니에게 달려가며 크게 울기 시작했다. 코르네이는 딸의 손목을 잡아 어미에게서 떼어버렸다. 그리고는 고양이 새끼처럼 구석으로 밀쳐버렸다. 딸은 목이 터져라 울어댔으나, 곧 울음이 멈췄다.

"이 짐승 같은 놈아! 아기까지 죽여!"

하고 아내는 발악을 했다. 그리고 딸 곁으로 가려고 했다.

그러나 남편은 다시 그녀의 가슴을 사정없이 쥐어박았다. 그녀는 뒤로 나동그라졌다. 아내도 소리가 없어졌다. 그저 딸만이 다시 울부짖기 시작했다.

노모가 웃옷도 걸치지 않고 흰 머리를 풀어 젖힌 채 온 몸을 떨면서 비틀 걸음으로 내실로 들어왔다. 그리고 코르네이와 마르파에게는 눈도 주지 않고 손녀에게 달려갔다. 그리고 울부짖는 손녀를 안았다.

코르네이는 가쁜 숨을 내쉬면서 금방 잠에서 깨어난 사람처럼 사방을 두리번거리고 있었다. 그는 지금 어디에 누구하고 있는지조차 모르는 것 같았다. 마르파는 신음하면서 피투성이가 된 얼굴을 옷자락으로 닦고 있었다.

"이 개 같은 놈아!"

하고 다시 그녀는 소리쳤다.

"나는 오래 전부터 예프스찌구네이하고 정을 통해 왔어, 지금도 마찬가지야. 아카시카도 네 새끼가 아니야. 그러니 어서 죽여다오!"

하고 그녀는 악이 올라 모든 것을 스스로 실토하고 있었다. 그리고는 또 때릴까 봐 팔굽으로 얼굴을 가렸다. 그러나 코르네이는 도대체 이게 어떻게 된 건지 모른다는 듯이 그저 한숨만 몰아 쉬고 사방을 돌아볼 뿐이었다.

"이 미친놈 같으니라고! 어린 것을 이렇게 만들다니. 팔이 부러졌어!"

하고 노모는 숨이 넘어가도록 울부짖는 손녀의 팔을 가리켰다.

코르네이는 휙 돌아서서 현관 층계 쪽으로 나가버렸다. 뜰에는 서리가 내리고 을씨년스런 날씨였다. 눈송이들이 그의 오른 뺨과 이마에 떨어졌다. 그는 층계 중간에 앉아 난간에 덮인 눈을 집어 입에 넣고 질근질근 씹었다.

문 저쪽에서는 아내의 신음소리와 딸의 울부짖음이 들려왔다. 그는 노모가 딸을 안고 내실을 나와 현관에서 부엌 방으로 가는 발소리를 들었다.

그는 일어나 내실로 들어갔다. 그가 내실을 들어서자 칸막이 저쪽에서 아내의 신음소리가 들려 왔다.

그는 조용히 옷을 갈아 입었다. 의자 밑에서 가방을 꺼내서 그 속에 입을 것을 챙겨 넣고 끈으로 감았다.

"왜 나를 죽이려는 거야? 내가 무엇을 잘못했다는 거야?"

아내는 분하고 슬픈 목소리로 떠들어댔다.

코르네이는 아무 대꾸도 없이 가방을 들고 문으로 갔다.

"개같은 놈! 두고 보자! 하나님이 그냥 둘 줄 알아?"

아내는 이번에는 아주 증오에 찬 목소리로 발악을 하였다.

코르네이는 그래도 아무 말 없이 발로 문짝을 차고 벽이 흔들리도록 거칠게 문을 닫았다. 부엌방으로 가서 벙어리 조카를 깨워서는 마차를 준비 시켰다. 벙어리 조카는 아직 잠에서 깨지 못한 채 놀라서 이상스런 듯이 삼촌 얼굴을 보면서 머리를 긁어댔다. 그리고 무엇을 하라는 건지 알아차리고 벌떡 일어났다. 그는 장화와 코트를 입고 호롱불을 들고 밖으로 나갔다.

코르네이가 조카와 함께 조그마한 썰매를 몰아 어제 저녁 쿠지마와 같이 돌아오던 길을 되돌아 갔을 때, 이미 날은 훤히 밝았다. 그는 발차 시간 5분전에 정거장에 도착했다. 벙어리 조카는 그가 차표를 사고 기차에 타는 것을 보고만 있었다. 그리고 기차가 보이지 않게 사라져 갈 때에 그에게 인사를 보냈다.

마르파는 얼굴의 상처 외에도 갈비뼈 두 개가 부러지고 머리가 조금 깨졌다. 그러나 건장하고 굳센 그녀는 반년도 못 가서 완치되었다.

상처의 흔적도 남지 않았다. 그러나 딸은 일생동안 불구자 신세가 되었다. 팔이 두 군데나 부러져 굽어버린 것이다. 코르네이의 소식은 그가 집을 떠난 뒤 아무도 아는 사람이 없었다. 살아 있는지 죽었는지 그 누구도 알지 못했다.

## 2

그 후 17년이란 세월이 흐른 어느 음산한 가을이었다. 해는 이미 저물고, 주위는 어둠이 깃들었다. 안드레예바 마을의 가축들은 집으로 돌아가고 있었다. 목동들은 일을 마치고 단식제에 참석하러 갔기 때문에 여자나 아이들이 가축을 몰고 있었다. 가축 떼는 나무 그루터기만 남아 있는 들판을 지나 신작로로 들어서고 있었다. 진흙이 가축의 발굽에 긁히며 수레바퀴에 갈리고 여러 짐승의 시끄러운 울음 소리가 마을로 다가오고 있었다.

그 가축 떼 앞에서 커다란 모자를 쓴, 키 큰 노인이 걷고 있었다. 코트는 누덕누덕 기웠고 비바람에 색이 바랜 것이었다. 노인은 가죽배낭을 등에 걸머지고 있었다. 수염은 희끗희끗하고 곱슬머리도 하얗게 변했으나 오직 눈썹만이 검고 짙었다. 먼지 속을 헌 구두를 질질 끌면서 지친 모습으로 한 걸음 한 걸음 참나무 지팡이에 의지하여 걷고 있었다.

가축 떼가 따라오자 노인은 걸음을 멈추고 지팡이에 기대어 서 있었다. 굵은 베 헝겊 조각으로 머리를 두르고 치마자락을 걷어 올려 남자용 장화를 신고, 가축을 몰고 있던 젊은 여자가 빠른 걸음으로 뛰어다니면서 뒤쳐진 양이나 돼지를 몰아치고 있었다.

노인 가까이 다가 온 그 여자는 노인을 뚫어지게 바라보면서 발걸음을 멈추고 섰다.

"안녕하세요, 할아버지?"

여자는 상냥스럽게 인사를 했다.

"오오! 그래 고생하는구려."

노인은 반가워했다.

"할아버지, 오늘밤 주무실 데 있어요?"

"이 꼴로 이젠 거동조차 힘들어."

노인은 힘없이 대답했다.

"관청에 가면 안됩니다."

젊은 여자는 친절하게 타일렀다.

"그럼, 곧장 저희 집으로 오세요. 이 끝에서 세 번째 집입니다. 저의 어머니께서는 늘 어려운 사람을 집에 주무시게 하신답니다."

"세번째 집이라구? 그러면 지노비예프씨 댁이 아니요?"

"어머나! 알고 계셨군요."

"예, 예전에 ……"

"아이, 저 절름발이가 저렇게 뒤떨어져 버렸네."

하며 젊은 여자는 다리가 하나 없는 양을 가리키면서 쫓아 달려갔다.

이 노인은 바로 코르네이였다. 그리고 젊은 여자는 그가 17년 전에 팔을 부러뜨린 아카시카였다.

그녀는 가야에서 40리 떨어진 안드레예바 마을 어떤 부자집에 시집갔던 것이다. 코르네이 바실리예프는 굳세고, 돈많고 교만한 사나이였다. 그러나 지금은 늙은 거지나 다름없는 신세가 되었다. 그의 재산이란 걸치고 있는 누더기 옷과 병역필 증명서와 배낭 속에 든 두어 벌의 셔츠 밖에는 없었다.

이런 신세가 된 이유는 자신도 설명할 수 없는 것으로, 오랜 세월이 흐르면서 서서히 일어난 변화였다. 그러나 이 모든 불행의 원인은 아내의 부정에 있었다고 확신하는 것이었다.

그는 지나온 날을 돌아보고 이상한 감회에 젖었다. 그는 괴로웠다. 젊었을 때의 일을 회상할 때마다 17년 간이나 겪어온 불행의 원인인 한 인간! 아내를 증오하는 것이었다.

그는 아내를 구타하고 집을 떠나던 날, 식림지를 팔겠다는 지주에게 갔다. 그러나 허사였다. 이미 팔아버렸던 것이다. 그래서 그는 모스크바로 가서 매일 술을 마셨다. 두 주일이나 하루도 빠짐없이 술을 마셨다. 그리고 정신을 차려 가축을 사겠다고 남쪽으로 떠나갔다.

그러나 그것도 잘 되지 않아 큰 손해만 입었다. 다시 한 번 시도했으나 역시 실패했다. 모든 일이 실패만 하던 1년 동안에 3천 루불이 겨우 25 루불 밖에 남지 않게 되었다.

그는 어디에서나 일자리를 구하지 않으면 안되었다. 그 후 1년 동안 가축상의 판매원 일을 하였으나, 출장 때마다 지나치게 술을 마셨으므로 해고를 당했다. 그리고 나서 친척의 주선으로 술 도매상에 들어가 일을 했으나 거기서도 오래 버티지를 못했다.

이제는 집으로 돌아가고픈 생각이 들었으나 그러기에는 너무 부끄럽고 아내에 대한 나쁜 감정이 되살아나기도 했다.

"내가 없어도 년놈들은 더 잘 살아가고 있을 걸. 게다가 딸도 내 자식이 아닌데." 하고 그는 생각했다.

모든 일이 잘 되지 않았다. 거기다 술이 없으면 하루도 살아갈 수 없게 되었다. 이제는 판매원 노릇도 할 수가 없어서 남의 가축을 기르는 품꾼이 되었다.

그러나 그런 자리를 구하기도 쉽지 않았다. 이렇게 되자 더욱 아내를 증오하게 되고, 원한의 불이 그의 가슴을 더욱 까맣게 태웠다.

코르네이는 어떤 곳에서 어렵게 가축 기르는 데에 고용되었다. 그러나 그것도 한순간, 가축들이 병이 들자 주인은 크게 화를 내며 코르네이에게 누명을 씌워 쫓아내었다. 이제는 정말 발붙일 곳이 없었다.

그는 정처 없이 방랑길에 나섰다. 찢어진 장화를 꿰매고 배낭을 짊어지고 차, 설탕, 그리고 겨우 8 루블 밖에 안되는 돈을 가지고 키예프를 떠났다. 그러나 키예프도 정들지 않았다. 그는 카프카즈 지방의 새 아프온으로 떠났다.

갈수록 태산이었다. 거기 도착하기도 전에 열병에 걸리고 만 것이다. 그는 갑자기 전신이 쇠약해졌다. 주머니에는 1 루블 70 카페이카 밖에 없었다. 아는 사람이 있을 리 없었다.

결국 고향집으로-아들이 있는 집으로 돌아갈 것을 결심했다.

"그 저주받을 계집년은 죽었을 거야." 라고 그는 생각했다.

"만일 아직도 살아 있다면, 내가 겪은 불행한 과거를 말해 주어야지." 라고 그는 생각했다.

그래서 지금 고향집으로 돌아오는 길이었다. 열병은 하루 걸러 일어났다. 그는 날이 갈수록 쇠약해져 하루 종일 15리밖에는 더 걸을 수가 없었다.

아직도 집까지는 200리나 남았는데 여비는 다 떨어져 버렸다. 할 수 없이 그리스도의 이름으로 거지 같은 생활을 하면서, 시골 관리가 마련해 준 곳에서 아무렇게나 자고는 다시 길을 떠났다.

"너, 이 몹쓸 년. 내게 이 고생을 시켰단 말이야. 가만 두지 않겠다!"

그는 아내의 일을 되살리고는 옛 버릇대로 주먹을 불끈 쥐었다. 그러나 그 주먹은 이제 힘이 떨어졌다.

200리를 걸어가는데 그는 2주일이나 걸렸다. 그는 병에 걸려 시달린 몸으로 집으로부터 40리 떨어진 곳에 도착했다. 그리고 거기에서 자기가 팔을 부러뜨린 아카시카를 만났던 것이다. 그러나 그도 아카시카인 줄 몰랐고, 아카시카도 코르네이인 줄 몰랐다. 그런데 아카시카는 자기가 코르네이의 피를 이은 진짜 딸인 줄로 믿고 있었다.

## 3

그는 아카시카가 하라는 대로 따랐다. 지노비예프네 집에 가서 하룻밤을 지내게 해 달라고 부탁했다. 집안으로 안내되었다. 그는 방으로 들어서자 습관적으로 성상을 향하여 십자가를 긋고 주인과 인사를 나누었다.

"노인장 추우시지요. 이쪽으로 다가와서 불을 쬐시오."

탁자를 치우고 있던 주름살이 많은 건장한 노파가 말했다. 이 집 주인 할머니였다. 젊은 농부 한 사람이 탁자 곁의 긴 의자에서 램프를 닦고 있었다. 그는 아카시카의 남편이었다.

"옷이 젖었군요! 할아버지." 라고 그는 말했다.

"겉옷을 벗어 말리세요."

코르네이는 웃옷과 장화를 벗었다. 그리고 난로 곁으로 갔다. 그때에 주전자를 들고 아카시카가 들어왔다. 그녀는 가축을 울안에 몰아넣고 뒷처리를 한 다음 안으로 들어왔다.

"어떤 할아버지 한 분이 찾아오지 않았어요?" 하고 물었다.

"내가 우리 집으로 오시라고 말해 두었는데요."

"저기 앉아 계시잖아."

남편은 난로 저편을 가리키면서 말했다.

거기에는 털투성인 여원 다리를 문지르면서 코르네이가 앉아 있었다. 집안 사람들이 코르네이에게 차 마시러 내려오라고 권했다.

그는 긴 의자 끝에 걸터앉았다. 그 앞에 찻잔과 설탕을 내놓았다. 모두들 날씨와 추수 이야기를 나누고 있었다.

곡식이 잘 되지 않았다. 지주들의 곡식단은 밭에 쌓아 놓은 채 싹이 트기 시작했다. 거둬들이려고 하면 비가 내렸다. 농부들은 자기 곡식을 다 거둬들였다. 그러나 지주들 곡식단은 내버려둔 채 썩고 있었다. 거기에 쥐들이 보금자리를 만들어 놓았다.

코르네이는 그가 오는 도중 곡식단이 그대로 남아 있는 밭을 보았다고 말했다.

젊은 여인은 다섯 잔이나 차를 권했다.

"사양하지 마시고 드세요." 하고 그녀는 말했다.

"새댁의 손은 왜 그렇게 구부러졌소?" 라고 코르네이는 물었다. 그는 가득 담긴 찻잔을 조심히 받아들고는 눈썹을 움직였다.

"어렸을 때 부러졌어요. 이 애 아버지가 이 애를 죽이려고."

수다스런 시어머니가 대답했다.

"그건 무슨 말씀이세요?"

코르네이가 물었다. 그리고 젊은 여인의 얼굴을 바라보았다. 그러자 그는 문득 푸른 눈의 요스테구이 생각이 떠올랐다. 찻잔을 든 손이 떨리고 찻잔을 탁자에 내려놓기 전에 차는 절반쯤 쏟아졌다.

"이 애 아버지는 가야 마을 사람인데요. 코르네이 바실리예프란 사람으로 부자였는데, 하루는 부인 때문에 화를 내고 이 애를 때려서 이렇게 병신이 되게 했대요."

코르네이는 아무 말이 없었다. 그리고 떨리는 눈썹 아래로 아카시카와 노파를 바라보고 있었다.

"무슨 이유로 그랬을까요?"

그는 설탕을 씹으면서 물었다.

"무슨 일인지 누가 알겠습니까? 우리들 여인들은 때로는 뜬소문 때문에 곤혹을 치르지요." 하고 노파가 말했다.

"소문에 의하면 머슴 때문이었나 봐요. 그 사내는 우리 마을 사람이었어요. 그리고 그 사내는 거기서 죽었어요."

"죽었어요?"

코르네이가 물었다. 그리고는 마른 기침을 하였다.

"벌써 오래 전에 죽었지요. 그 집에서 이 애를 며느리로 데려왔지요. 잘 살던 집안이었어요. 주인이 살고 계실 때에는 마을에서 첫번째였다오."

"주인은 어떻게 되었소?"

"지금쯤은 죽었겠지요. 그 일이 있은 후 종적을 감추고 말았어요. 벌써 15년이나 되었어요."

"더 오래지요. 어머니는 제가 갓 젖을 떼었을 때라고 하셨어요."

"그러니까 새댁은 그 아버지를 원망하고 있겠군요. 그 팔을 부러뜨린 아버지를……"

코르네이는 말을 채 끝내지도 못하고 갑자기 울기 시작했다.

"저의 아버님이신데 무슨 원망을요. 좀 더 드셔요. 몸이 녹을 거예요. 따라 드릴께요."

코르네이는 대답을 못했다. 그저 흐느껴 울고 있었다.

"왜 그러시죠?"

"아, 아니 아무것도 아니야. 아아!"

그리고는 떨리는 손으로 난로 기둥과 가장자리를 붙잡고 일어섰다.

"웬일일까?"

노파는 노인쪽을 눈짓하면서 아들에게 말했다.

이튿날 아침, 코르네이는 누구보다 일찍 일어났다. 그는 난로가에 말린 발헝겊을 부벼서 부드럽게 했다. 그리고 힘을 다해 간신히 장화를 신고 배낭을 메었다.

"아니 노인장. 아침은 드시고 가세요." 하고 노파가 말했다.

"예. 고마운 말씀이나 급한 일이 있어서……"

"꼭 그러시다면, 어제 저녁 먹다 남은 과자라도 가지고 가세요. 배낭에 넣어 드릴께요."

코르네이는 작별 인사를 하고 떠났다.

"돌아오시는 길에 다시 들리세요. 안녕히 가세요."

뜰에는 안개가 자욱이 끼어 있었다.

고향 길이라 오르막길도, 내리막길도, 나무 하나하나, 길가에 서 있는 버드나무도 모두 기억이 났다. 비록 17년이란 세월이 흘러 고목에서 새싹이 나고 작은 나무가 몰라보게 크긴 했지만, 가야 마을은 조금도 변하지 않았다. 다만 마을 모퉁이에 예전에 없던 집이 생겼을 따름이었다. 그리고 목조집이 벽돌집으로 바뀌어 가고 있었다.

코르네이의 석조집은 옛날 그대로였다. 양철 지붕은 오랫동안 칠을 하지 않아 보기 흉한 모습이었다. 모퉁이의 벽돌이 무너지고, 입구의 층계는 기울어져 있었다.

그가 자기의 옛집 앞에 이르렀을 때, 삐걱 소리를 내면서 대문이 열리더니 어미 말이 늙은 잿빛 말과 새끼말을 거느리고 나왔다. 늙은 잿빛 말은 코르네이가 집을 떠나기 1년 전에 사온 말과 같았다.

"아마 이놈은 내가 사온 그놈이 낳은 것인가 보다. 저 다리하며 가슴, 모두가 아주 닮았군."

말은 새 나막신을 신은 검정 눈의 소년에게 이끌리어 물을 먹으러 가는 길이었다.

"저 녀석은 분명히 내 손주일거야. 페치카의 아들 놈이야. 눈이 새까만 게 틀림없어."

코르네이는 그렇게 생각했다.

소년은 낯선 노인을 바라보고 있다가 흙탕 속에서 허우적거리는 새끼말을 좇아갔다. 소년의 뒤를 개 한 마리가 따르고 있었다. 그 개도 전에 기르던 불쳐크 모습을 한 검둥이었다.

"저놈도 불쳐크가 아닐까?"

하고 그는 생각했다. 그런데 그 개라면 이제는 20살이 되었을 거라고 생각했다.

그는 간신히 층계를 올라갔다. 그곳은 17년 전에 걸터앉아서 쌓인 눈을 분노에 못이겨 질근질근 씹던 바로 그 곳이었다. 그는 문을 열었다.

"누구요? 왜 아무 말도 없이 들어오는 게요?"

부엌에서 여자의 목소리가 들려왔다.

그 목소리는 듣던 음성이었다. 그리고 목소리의 주인공이 나타났다. 뼈가 앙상하고 주름살 투성이의 할머니였다.

코르네이는 자기를 망쳐놓은 젊고 아름다운 마르파가 나타나기를 바라고 있었던 것이다. 그는 마르파를 증오하기 때문에 한바탕 분풀이를 할 작정이었다. 그러나 마르파 대신 이렇게 늙은 노파가 나타난 것이다.

"구걸 왔구먼."

하고 그녀는 날카롭게 쏘아붙였다.

"구걸하러 온 것이 아니오."

코르네이는 대꾸했다.

"그렇다면 뭣 때문에 들어왔어?" 별안간 노파는 말하다 우뚝 섰다.

코르네이는 그녀가 자기를 알아 본 줄로 생각했다.

"아직도 거기서 우물쭈물하고 있는 거야? 썩 나가란 말이야. 어서 나가!"

코르네이는 지팡이를 짚고 벽에 기대어 물끄러미 그녀를 쳐다보고 있었다. 그러자 그는 그렇게도 오랜 세월 그녀에 대한 원한이 씻은 듯이 사라지고, 말할 수 없는 겸허하고 약한 감정이 마음을 사로잡고 있음을 느끼고는 스스로 소스라쳤다.

"마르파, 우리들은 이제 죽음이 멀지 않았어."

"나가요. 제발 나가!"

그녀는 보기도 싫다는 듯이 쏘아붙였다.

"그것 밖에는 할 말이 없어?"

"없어요." 하고 그녀는 소리질렀다.

"가란 말이요, 나가요. 제발 가란 말이요. 짐승 같고, 악마 같은 사람들이 이 근방에는 득실거리고 있어요."

그녀는 재빨리 부엌으로 들어가서 문을 닫아버렸다.

"무슨 일인데 그래요?"

굵직한 남자의 목소리가 들리더니 허리에 도끼를 찬 거무튀튀한 농부가 들어왔다.

그는 40년 전의 코르네이 자신과 꼭 같은 모습이었다. 다르다면 약간 몸집이 작고 여윈 것뿐이었다. 그러나 꼭 닮은 것은 검고 번쩍거리는 눈을 하고 있는 것이었다. 이 사나이는 페치카였다. 17년 전 그가 그림책을 사주었던 그 아이였다. 페치카는 어머니한테 거지를 푸대접한다고 나무랐다.

그리고 페치카 뒤를 따라 역시 도끼를 허리에 찬 벙어리 조카가 들어왔다. 이 조카는 장년이 되어 수염을 길렀으며 목이 길다란 아주 건장한 사나이가 되었다. 그리고 사람을 꿰뚫어 보는 눈초리를 하고 있었다. 두 농부는 방금 아침 식사를 끝내고 나무하러 가는 참이었다.

"곧 드리겠습니다. 할아버지."

하고 페치카는 조카에게 내실을 가리키며 빵을 써는 시늉을 해 보였다. 패치카는 나갔다.

벙어리는 부엌쪽으로 갔다. 코르네이는 벽에 기대어 지팡이를 짚은 채 고개를 들지 못하고 서 있었다. 그는 견딜 수 없는 감정으로 금방 터져 나올 듯한 울음을 겨우 참고 있는 것이다. 벙어리는 냄새나는 큼직한 흑빵을 들고 나왔다. 그리고 그것을 코르네이에게 주었다.

코르네이가 십자가를 긋고 빵을 받아들었을 때, 벙어리는 부엌쪽을 향하여 침 뱉는 시늉을 해 보였다. 그것은 숙모가 한 태도에 불쾌한 마음을 표현해 거지에 대한 미안함을 사과한 것이다. 그런데 갑자기 우뚝 서서 입을 벌린 채 코르네이를 뚫어지게 바라보았다. 그는 그 노인이 누군지 알아차린 것이다.

코르네이는 눈물을 참을 수 없었다. 그는 옷소매로 눈물과 잿빛 수염을 훔치면서 벙어리 앞에서 물러나서 층계 위로 나왔다. 그는 세상 사람들에게, 그녀에게, 아들에게 어떤 겸허하고 공손한 심정이 되어 자책감을 느끼기 시작했다. 그 심정은 기쁜 듯한 혹은 괴로운 듯한 기분으로 엉키었다.

마르파는 창 밖의 광경을 내다보고 있었다. 그리고 노인이 집 모퉁이를 돌아서 보이지 않게 되었을 때, 비로소 긴 숨을 내쉬면서 안심하는 것이었다. 마르파는 노인이 영 가버린 줄 알았다. 그리고 베틀에 앉아 베를 짜기 시작했다. 그러나 방금 있었던 사건으로 아직도 손이 떨려 제대로 되지 않았다.

그녀는 손을 멈췄다. 코르네이를 생각해 보았다. 그녀는 그가 코르네이라는 것-즉 자기를 모질게 구박하긴 했으나, 방금 그에게 대한 자기의 태도는 너무나 지나친 것 같아 두려웠다. 물론 그녀로서는 마땅히 해야 할 태도였다. 그러나 그에게 어떻게 해야 옳았을까? 그이는 자기가 코르네이라고 고백하지도 않았다. 또 자기 집으로 돌아왔노라고도 말하지 않았다.

그녀는 더 이상 생각을 하지 않고 다시 북을 들어 베를 짜기 시작했다. 날이 저물 때까지.

# 4

코르네이는 저녁 때가 돼서야 겨우 안드레예바 마을에 도착했다. 그리고 다시 지노비예프네 집에 가서 하룻밤을 부탁했다. 그 집 사람들은 그를 따뜻이 맞이했다.

"할아버지가 먼 곳으로 가신 줄 알았는데요?"

"너무 지쳐서 되돌아왔다오. 하룻밤 재워 주시겠소?"

"어서 들어오세요. 이리 가까이 오셔서 옷을 말리세요."

코르네이는 밤새 열병으로 신음했다. 새벽이 되어서야 겨우 아픔이 가셨다. 그리고 그가 눈을 떴을 때 그 집 사람들은 모두 일터에 나가고 부엌에는 아카시카만이 남았다. 코르네이는 난로 곁에 노파가 깔아 준 마른 옷 위에 누워 있었다. 아카시카는 빵을 찌고 있었다.

"새댁!" 하고 그는 힘 없는 목소리로 불렀다.

"잠깐만 이리 와 보시오."

"예, 곧 갈께요. 할아버지."

하고 그녀는 빵을 뒤집어 놓으면서 대답했다.

"뭐 마실 것이라도 드릴까요? 라이 맥주는 어떨까요?"

코르네이는 대답이 없었다.

그녀는 빵을 잘 뒤집어 놓고는 라이 맥주를 한 잔 가지고 들어왔다. 그는 그녀 쪽을 돌아 보지도 않고, 마시려 하지도 않았다. 그리고 얼굴은 친정을 향한 채 꼼짝도 않고 조용히 말했다.

"이리 좀 와 봐요."

하고 그는 낮은 음성으로 불렀다.

"이제 내 일생도 멀지 않은가 보구려. 어서 죽고 싶은 심정뿐이니 부탁이 있소. 하나님의 이름으로 나를 용서해주겠소?"

"무슨 말씀이신지. 할아버지가 왜 내게 용서받아야 하죠?"

그는 아무 말도 없었다.

"만약에 색시가 친정 어머니께 가거든 어머니께 말씀 드려 주시오. 낯선 노인, 어제 저녁 그 늙은이가…… 알아듣겠소…… 이렇게 전해 주오……"

그는 흐느껴 울기 시작했다.

"할아버지, 가야 마을에 다녀 오셨나요?"

"다녀 왔지. 알아 듣겠소? 이렇게 전해 주시오. 어제 저녁 그 늙은이가……"

또 다시 흐느끼다가 겨우 마음을 고쳐 먹고 말했다.

"이 늙은이가 용서받으러 왔다고, 그렇게 말이요."

그는 다 말하고 자기의 가슴을 더듬었다.

"예, 말씀드리겠어요. 그런데 무엇을 찾으세요?"

하고 아카시카는 물었다.

노인은 대답하지 않았다. 그리고 괴로운 듯이 얼굴을 찌푸리고, 털이 많은 손으로 안 주머니에서 종이 한 장을 꺼내서 그녀에게 주었다.

"누가 묻거든 그것을 보이시오. 나의 병역필 증명서라오. 아! 이제야 마음이 홀가분하구나. 나의 죄가 용서받은 것이겠지?"

그의 얼굴에는 엄숙함이 엿보였다. 눈은 천정을 응시하고 그는 이내 조용해졌다.

"촛불을……"

하고 그는 다시 조용한 소리로 말했다.

아카시카는 이제야 모든 것을 알 수 있었다. 그녀는 성상 앞에서 십자가를 가슴에 긋고 반쯤 탄 초를 집어 불을 붙여서 그에게 주었다. 그는 촛불을 엄지손가락으로 쥐었다.

아카시카는 잠시 자리를 뜨고는 병역필 증명서를 상자 속에 넣어두었다. 그리고는 다시 그 노인에게 돌아왔을 때, 그의 손에서 초가 떨어져 있었다. 그리고 심장은 멎고 눈은 이미 감긴 채였다. 아카시카는 노인 앞에서 십자가를 긋고 촛불을 끄고, 깨끗한 수건을 그의 얼굴에 덮어 주었다.

그날 밤 마르파는 잠을 이룰 수가 없었다. 그리고 코르네이의 일이 생각났다. 아침이 되자 외투를 입고 쇼올을 걸치며 어제 저녁에 만난 노인을 찾으러 떠났다. 그녀는 그 노인이 안드레예바 마을에 있을 것이라고 생각했다. 그녀는 울타리에서 지팡이용 막대기 하나를 집어들고 안드레예바 마을로 향하였다. 마을이 가까워지자 그녀의 마음은 더욱 더 두려워졌다.

"그 분에게 용서를 빌어야지. 그리고 집으로 모셔 모든 죄를 털어버리자. 그이를 자기 집에서 자식 앞에서 눈을 감게 해 주어야지." 하고 그녀는 생각했다.

마르파는 딸의 집 정원에 가까이 갔을 때, 많은 사람들이 그곳에 모여있음을 보았다. 사람들은 현관이나 창 아래에 모여 있었다. 그 사람들은 40년 전 이 마을에까지 이름이 알려진 소문난 부자였던 코르네이 바실리예프가 거지가 된 늙은 몸으로 시집간 딸 집에서 죽었다는 소문을 듣고 모여든 것이었다. 부인네들은 서로 소근거리며 한숨을 내쉬고 있었다.

마르파가 부엌으로 들어가려고 할 때 사람들은 길을 비켜 주었다. 그녀는 성상 아래 누워 있는 시체를 보았다. 그것은 깨끗이 씻기어져 있었고, 모든 것이 단정하게 준비되고 흰 헝겊으로 덮혀 있었다. 그 옆에는 목사 대리로서 지식이 많은 필립 코노이치가 성경을 읽기도 하고, 슬라브어로 찬송가를 부르기도 하였다. 이제와서는 용서할 수도 용서 받을 수도 없었다.

코르네이의 엄숙하고 아름다운 눈으로는 그가 모든 것을 용서하고 있는지 아니면 아직도 분노하고 있는지 도무지 알 수가 없었다.

— 레프 톨스토이

Lev Nikolaevich Tolstoj

# 4월

## *April*

### *spring*

톨스토이와
함께 하는
사계절

**4월**

## 4월 1일 지식의 영역

지식의 영역은 한없이 넓은 것이다. 그러므로 참된 지식을 얻으려 한다면 무엇이 가장 중요하며, 또 무엇이 중요하지 않은가를 잘 알아야 한다.

*1*

여러 연구의 결과로 인해 현대에는 참으로 많은 지식이 축적되었다. 그러나 우리들의 능력은 너무나 보잘 것 없어서 그 많은 지식 중 필요한 부분만을 사용하기에도 인생은 너무나 짧다. 또 우리에게 유익한 문화유산조차도 그것을 모두 받아들이기 위해서는 많은 것을 쓰레기처럼 버려야 한다.

그러므로 자신에게 지나치게 많은 지식의 짐을 짊어지게 하지 않는 편이 낫다.

— 칸트

125

*Spring*
·
*April*

## 2

너무 어릴 때의 다독(多讀)은 지나치게 많은 정보를 습득하는 결과가 되어, 감정이나 천성을 잃기 쉽다. 그러므로 때로는 심오한 철학이 필요하다. 철학은 인간의 감정에 원시적인 순진성을 찾아 주는 것이다. 또 남의 무가치한 사상이나 의견에 치우쳐, 허송 세월을 하고 있는 자신을 깨닫게 해준다. 그것은 곧 자기 자신으로 존재하도록 이끌어 주는 것이다.

— 리히텐베르크

## 3

이 세상의 모든 것을 알고자 하는 욕망을 그대의 마음과 머리 속에서 아예 없애버려라. 예언의 길과 존재의 법칙에 대하여 우리들이 알 수 있는 것은 매우 적다. 그러므로 그 적은 것으로 충분하다. 많이 바라는 것은 우리들의 행복에 도움이 되지 못하는 것이다. 그리고 이것을 믿으라. 즉 우리들이 겸허한 생활을 계속하고, 자족(自足)적인 생활을 지켜 나가기 위해 꼭 필요한 것 이상의 근로는 혼란과 고뇌를 더할 뿐이다.

— 존 러스킨

## 4

천문학자들의 관측이나 계산은 우리들에게 놀라울만큼 많은 것을 가르쳐 주었다. 그러나 그들이 연구한 가장 중요한 결과물은 우리들의 무지가 끝이 없다는 것을 분명하게 밝혀낸 것이다.

— 칸트

## 5

무지(無智)를 두려워 말라. 도리어 허황된 지식을 가지고 있음을 두려워하라. 이 세상의 모든 악은 거기서부터 비롯되는 것이다.

지식은 무한하다. 그리고 많이 아는 자가 적게 아는 자보다
월등한 경우는 생각보다 훨씬 적다는 것을 알아야 한다.

## 4월 2일 도덕적 생활

**도덕적 생활이란 끊임없는 노력이다.**

## 1

습관은 어떤 것일지라도 결코 좋은 것이 아니다. 비록 선한 행위라도 습관은 좋지 못하다. 그것이 습관인 까닭에 선한 행위도 도덕적이지 않다. 노력으로 얻는 것만이 선이다.

– 칸트

## 2

조급하게 굴지 말라. 어떠한 짐을 지더라도 그것이 좋은 일에

도움을 주도록 하라. 모든 것으로부터 그대의 지혜로운 생활에
필요하고 도움이 될 것을 찾아내라.

- 아우렐리우스

## 3

자기가 하는 일에 항상 주의를 기우려라. 그러나 어떠한 일에
대해서도 주의가 부족했기 때문이라는 변명은 용납하지 말라.

- 공자

## 4

성장이란 서서히 이루어지는 과정이다. 그것은 놀라운 폭발이
아니다. 순간적인 사상적 충동으로 어떻게 학문의 모든 분야를
알 수 있겠는가? 어찌 폭발적 회개(悔改)로 죄를 이겨 나갈 수
있겠는가? 정신적인 진보의 수단이란 오로지 지혜로운 교훈에
의해 인도되는 부단한 인내와 노력 외에는 아무 것도 없는 것이
다.

- 찬닝

정신적인 노력과 생활을 아는 기쁨은 마치 육체적 노력과
휴식에서 오는 기쁨처럼 번갈아 오는 것이다.
육체의 노동 없이는 휴식의 기쁨이란 있을 수 없다.
또한 정신적인 노력 없이는 생활의 기쁨이란 있을 수 없다.

## 4월 3일 죽음에 대하여

죽음은 누구에게나 항상 행복이다 - 죽음이란 자기라는 개성이 다른 형태로 바뀌는 일이 아닐까? 그래서 개성이 없어지고 신의 영원한 기원과 합류하는 것이 아닐까?

### 1

삶을 꿈이라고 해도 의심할 여지는 없다. 그리고 죽음을 깨달음이라고 생각해도 역시 의심할 여지가 없다. 하지만 우리들의 개성이나 자아가 꿈 속에 있고 흐리멍텅한 의식 속에 있을 때 죽음은 파멸이라고 생각할 수 있다.

― 쇼펜하우어

### 2

무화과 나무를 재배하는 사람이 그 열매를 수확할 때를 아는 것과 같이, 신은 의로운 자를 이 지상으로부터 데려갈 때를 알고 계신다.

### 3

인간의 생활에 있어서는 어떤 한계가 있어야 한다. 수목의 열매나 대지와 같이 그리고 세월과 같이 모든 것은 시작되고 계속되고 지나가야만 한다. 지혜로운 자들은 스스로 이 질서에 순응하는 것이다.

― 키케로

# 4

죽음은 영원을 믿지 않는 자들에게는 모든 불행이나 고통을 없애 준다. 반면 불멸을 믿고 새로운 생활을 기다리고 있는 자에게는 큰 기쁨이 된다. 만약 죽음에 고통이 수반되지 않는다면 모든 인간은 죽음을 향하여 달려 갈 것이다. 그러므로 고통은 사람들을 죽음으로 가지 않도록 우리에게 보내진 선물이라고 할 수 있다. 누구든지 고뇌를 통하지 않고는 죽음으로 갈 수 없는 것이다.

# 5

그 누구도 죽음이 무엇인지 모른다. 죽음은 사람에게 가장 좋은 선물일 수도 있다. 그러나 사람들은 마치 죽음을 크나큰 악이라 생각하고 두려워하고 있는 것이다.

― 플라톤

# 6

만일 신께서 다음에 열거한 것 중에서 하나를 선택하라고 하신다면, 즉 죽음을 택하든가, 아니면 항상 가난과 근심과 우울과 질병속에서 오래도록 살 것인가, 또 건강의 혜택을 누리면서도 1분마다 그 모든 것들이 하나 하나 빼앗길지도 모른다는 공포속에 살아갈 것인가.

이 중에서 어느 하나를 택하라고 한다면 사람들은 쉽게 결심하지 못할 것이다. 그러나 자연이 이 문제를 해결해 준다.

― 라 브뤼예르

언제나 생활하는데 있어 중용(中庸)을 유지하도록 힘쓰라.
즉 죽음을 두려워할 것도 없고,
죽음을 바라지 않는 상태에서 생활하도록 노력하라.

 **4월 4일** **인생은 기쁨**

**인생은 무한한 기쁨이어야 하고, 또 기쁨일 수도 있다.**

## 1

이 세상은 눈물의 골짜기도 아니고, 시련의 마을도 아니다. 삶은 아름다운 것이다. 다만 우리가 이 세상 규범에 얽매여 우리들에게 부여된 참 기쁨을 얻지 못할 뿐이다. 우리는 그 기쁨을 얻기만 하면 되는 것이다.

## 2

한 사람의 악한 마음은 자신을 끝없는 불행 속으로 몰아 넣을 뿐더러 남도 불행하게 한다. 착한 마음은 인생의 수레바퀴를 원활하게 회전시키는 윤활유 같은 것이다.

## 3

인간은 대개 자기 만족에 지나치게 집착한 나머지 만족을 잃

으면 비탄에 빠지고 만다. 그러나 기쁨의 원인이 사라져도 원망
하지 않는 자만이 옳은 것이다.

- 파스칼

*4*

참된 성자는 항상 즐겁다.

기쁘게 살아가기 위한 중요한 방법은 인생이란 기쁨으로 살도록
주어졌다는 사실을 믿는 것이다. 만일 기쁨이 사라지거든
그대가 무엇을 잘못했는가를 찾아보라.

**4월
5일** 일

    **"일하지 않으면 안 된다"라는 법칙에서 도피할 수 있
는 방법은 죄를 범하는 것뿐이다. 또는 권력에 의하여, 또는 권
력 앞에 굴복하고 아첨하는 것 밖에는 없다.**

*1*

    비겁하게 아첨을 하기 보다 차라리 목숨을 끊는 편이 낫다. 남
의 재산으로 사치하기 보다 가난한 편이 낫다. 빵을 얻고자 순
진성을 잃느니 보다 굶어 죽는 편이 낫다.

- 소로

## 2

두 형제가 있었다. 형은 왕을 모시고 살아가고, 동생은 자기 노력으로 일하며 살아가고 있었다. 형이 동생에게 말하였다.

"너는 왜 왕을 섬기려 하지 않느냐? 왕을 섬긴다면 가난한 생활에서 벗어날 수 있을 것이다."

가난한 동생이 대답하였다. "형님은 왜 스스로 일해서 떳떳이 살아 가려고 하지 않고 노예 생활을 하십니까? 어떤 성인이 말씀하셨습니다. 금띠를 두르고 노예가 되기보다 스스로 벌어서 얻은 빵을 먹는 편이 마음 편하다고. 노예로 허리를 굽신거리는 것보다 한 조각의 빵으로 만족하는 여유가 더 낫다"고.

— 사디

## 3

노동만큼 사람을 고귀하게 하는 것은 없다. 일하지 않는다면 사람은 인간으로서의 가치를 보여 줄 수 없다. 그래서 나태한 자일수록 겉으로만 크게 떠들어댄다. 그들은 그렇게 하지 않으면 남에게 멸시 받는다는 것을 잘 알고 있는 것이다.

## 4

숲에 가서 장작단을 만들어 팔아서 스스로 의식주를 해결하라. 남에게 의식주를 의탁해서는 안된다. 만일 사람들이 거절한다면 그대는 수치를 당하고 슬픔을 겪으리라. 그러나 사람들이 당신의 청을 들어준다면 그것은 더욱 나쁘다. 그것은 그들에게 빚을 지는 것이기 때문이다.

— 마호멧

## 5

이 땅에 살면서 일하지 않는 자에 대하여 대지는 다음과 같이 말할 것이다.

"양손을 가지고도 이 땅에서 일하지 않음으로써, 그대는 영원히 모든 거지들과 함께 남의 집 문전에 서지 않으면 안된다. 영원히 부자들이 버린 찌꺼기를 줍지 않으면 안될 것이다."

— 조로아스터

만일 그대가 일하기 싫다면 그대는 타락한 상태에 있거나,
아니면 권력을 휘두르고 있든지 둘 중의 하나이다.

### 4월 6일 잘사는 법

이 세상의 모든 사람들은 각기 다른, 그리고 스스로가 아주 중요하다고 생각하는 일에 종사하고 있다. 그러나 자기의 영혼을 훌륭하게 하는 유일한 사업에는 종사하지 않고 있다.

## 1

나는 생각한다. 훌륭한 사람이 되려고 노력하는 것 이상으로 잘 살아가는 방법은 없다고. 그리하여 실제로 훌륭하게 되어가고 있다고 느끼는 것 이상으로 큰 만족은 없다고. 이것은 내가

오늘날까지도 아직 경험하고 있는 행복이다. 이것이 행복이라는 것은 나의 양심이 증명하고 있다.

– 소크라테스

## 2

결점을 지적해 주는 사람에게 감사해야 한다. 물론 허물을 지적받았다고 해서 그것이 아주 없어지는 것은 아니다. 그러나 스스로의 허물을 알게 된다면, 마음이 불안해지고 양심이 괴롭혀지기 때문에 허물을 고치고 그 허물에서 해방되려고 애쓰는 것이다.

– 파스칼

## 3

항상 두 가지 때가 있음을 명심해야 한다. 하나는 죄에 사로잡혀 죄를 즐기고 있는 현재의 때이다. 다른 하나는 그것을 후회하고 뉘우치기 시작할 때이다. 통제하고 있기 때문에 만족을 느낄 수 있음을 명심하라. 일단 실수를 하게 되면 죄를 억제하기란 쉽지 않다.

만일 그대가 자신의 죄악에 사로잡혀 있으면서도 내일은 꼭 승리하고야 말겠다고 생각하고 있다면, 다음날도 똑같은 일을 반복할 것이다. 또 그렇게 반복하면서 점차 자신의 죄를 전혀 의식하지 못할 만큼 나약해지고 병들어 버릴 것이다. 혹은 안다 하더라도 자기의 모든 죄악에 대하여 언제나 변명의 구실이 준비되어 있을 것이다.

– 에픽테투스

# 4

연초보다는 연말에 이르러 더 나아진 사람이 훌륭하다.

- 소로

# 5

'하나님같이 완전하라'
이 말의 뜻은 그대 스스로가 생각할 수 있는 한, 슬기와 선의
높은 이상으로 가까워지기를 힘쓰라는 말이다.

이 험한 세상의 끊임없는 괴로움 속에 살고 있으면서
완성을 바라는 것은 결코 불가능하지 않다.
반대로 사막과 황무지에서는 불가능하다.
완성을 위한 가장 좋은 방법은
자기의 세계관을 스스로의 일에 적용해 나가는 일이다.

# 4월 7일 악에 대한 태도

악을 선으로 대한다는 것은 악을 악으로 대하는 것보다 진실하고 쉽고 지혜로운 일이다.

## 1

사형장에 왔던 악한 무리들은 예수를 십자가에 못박았다. 그때 예수께서는 말씀하셨다. "아버지시여 저들을 용서하소서. 저들은 저들이 행한 일을 알지 못하나이다."

— 성경

## 2

남에게 착한 일을 베푸는 것이 나에 대한 최고의 행복이라는 것을 잊지 말라.

— *아우렐리우스*

## 3

적에게 어떻게 대해야 할까? 그가 착한 인간이 되도록 도와주어라.

— 에픽테투스

## 4

친절로 분노를 이겨라. 선으로 악을, 은혜로써 인색함을, 정의로 거짓을 이겨내라.

— *불교 경전*

## 5

남과 교제할 때 그 사람의 인격 수준에 맞춰 교제하는 것은 그에게 발전할 수 있는 기회를 빼앗는 것과 같다. 그러나 실제보다 더 높은 대우로 교제하면, 그가 참으로 훌륭하게 되는 데 도움을 주는 것이다.

— 괴테

악을 선으로 갚을 때의 기쁨을 단 한 번이라도 경험한 사람은
이 기쁨을 얻을 수 있는
다음 기회를 결코 놓치지 않을 것이다.

# 선(善)

　인간을 제외한 외부적인 자연계, 즉 식물나 동물에게는 선도 악도 없다. 다만 살고 있을 뿐이다. 그리고 사색할 줄 모르는 인간에게도 선과 악은 없다. 선과 악의 구별은 인간의 정신 속에서 의식하고, 판단하는 능력과 더불어 생겨나는 것이다.

　인간의 정신은 어렸을 때부터 악과 끊임없이 투쟁한다. 그리고 참된 일-스스로 밭을 갈고, 부끄러운 정욕을 높은 정신의 힘에 굴복시키는 사람만이 선의 원천, 합리적인 사상(事象)의 원천에 놓여진다.

　이 정신적인 세계에서만이 무지, 야만적 행위, 착오, 기타 인간이 악으로 생각하는 모든 것과 싸우게 된다. 악에 대한 무저항주의의 가르침은 정확하고 명료하게, 악에 대한 투쟁의 높은 차원이다. 이 투쟁의 장소는 곧 자기 자신 속에 있다.

　지혜로운 자에게는 폭압이란 자기 자신의 육체, 그리고 자신의 정욕에 국한되어 있는 것이다. 왜냐하면 이 정욕에 대한 억압을 통해서 정신의 수양과 그 함양이 성립되기 때문이다. 자기 이외의 사람들, 즉 남의 정욕은 각기 그 개인의 문제이다. 그러므로 남의 정욕에 대한 폭압은 옳지도 않고 필요하지도 않다. 악에 대한 무저항주의의 가르침은 분명히 이러한 목적을 가지고 있다. 즉 남에게 가하는 폭압은 불필요한 것이라는 것을 명시하는 목적을 가지고 있는 것이다.

　진리는 무엇인가? "그대의 진리와 함께 매달아 죽이리라"고 빌라도는 말하였다. 그러나 예수는 진리를 내다보고 있었다. 즉 이기는 자가 아니라, 지는 자가 의로운 자임을 알고 있었던 것이다. 만일 그대가 사사로운 투쟁에서 폭력으로 이겼다면, 그대는 분명 옳지 못했으며 진리는 그대의 편이 아니었음을 깨달아라.

진리는 항상 패배하는 자에게 있는 것이다. 패배하는 자에게는 신이 함께 하신다. 지는 자는 자기 안에 신의 왕국을 세우고 진리를 실현하고 있는 것이다.

이 지상에서의 인간의 사명, 그것은 순간적으로 생각하기에는 이해할 수 없고 슬퍼해야 할 사명이다. 즉 악에 저항치 말고 남과 싸우지 말라는 것이다. 항상 자신을 지는 자로서 인정하는 것, 항상 지는 자는 신의 종이다. 그리고 이 길은 참된 종교나 인간에 대한 참된 이해 속에 비춰지고 높여지는 것이다.

모든 투쟁을 회피하는 무저항주의는 평안의 가능성을 자유로이 얻도록 하는 것이고, 이미 다른 힘 다른 흥미에 놓여 있는 자신의 위치를 해방하는 것이다. 이 지상에서의 인간의 의의가 성경에 명시되어 있듯이 현세에서 신을 인식하는 능력을 자유로이 사용하고, 그것을 높이는 것이다. 지혜로운 인식을 자유로이 하고 높이는 것은, 인간에게 내재하는 신의 아들을 자유롭게 높이는 것이다.

무저항주의는 신의 아들을 눈뜨게 하고 다시 살아나게 함을 의미한다. 예수를 부활시킴을 의미한다. 저항은 예수를 억압하고 처형함을 의미한다. 인간은 지적인 존재이다. 지적인 존재의 행복은 진리의 승리와 그 왕국에 자리한다. 그것을 위해서는 무엇보다 육의 정욕을 억제해야 한다.

그리하여 개인이나 민족에 있어서도 진리의 왕국은 정욕, 오만, 재판, 권력 또는 폭력의 기초 위에 건설되는 일은 결코 없는 것이다. 악에 대한 무저항주의는 인생에서 이 성지(聖智)의 가르침을 실현하는 것이다.

성경은 모든 인간의 마음 속에 신에 의하여 놓여진 진리와 판단을 그 무엇보다 높이 평가하라고 가르치고 있다. 그리고 오직 협력과 사랑으로만 모든 것을 이룰 수 있다는 것을 강조한다. 이 외부적인 모든 존재는 다른 모든 것보다 그 자체만을 사랑하고 있다.

악에 대한 무저항주의 교훈은 악에 대한 투쟁의 장소를 한정한다. 그리고 단절과 적의(敵意)라는 외부세계와 평화와 사랑이라는 내부세계와의 모순의 문제를 해결하는 것이다. 그리하여 그들 두 개의 세계를 신의 나라에서 하나로 결합시키는 것이다. 이에 대하여 예수께서는 다음과 같이 말하였다.

"이제야 하늘과 땅의 경계가 없어졌다. 그러므로 땅의 힘이 인간에게 봉사하고 있듯이, 하늘의 힘은 인간에 대하여 봉사하리라."

– 붓다

**전쟁은 인간에 의하여 저질러지는 죄악이다.**

### 1

전쟁은 신으로부터 저주받을 행위다. 그리고 전쟁에 참가한 자들은 전쟁으로 인해 남모르게 고통당하는 자들로부터 저주를 받는다. 또 이러한 유혈 사태 때문에 우리의 대지는 천상의 시내에서 물이 흘러내리기를, 구름에서 깨끗한 이슬이 내리기를 원하고 있다.

– 알프레드 드 브니

### 2

전쟁을 선동하는 악마를 기도로 물리치고, 국민들로 하여금 단결과 평화는 결코 파괴될 수 없음을 설득시킬 때, 그것은 권력자의 전쟁보다 훨씬 더 뜻 깊은 것이 되지 않겠는가. 그것은 우리들이 기도와 교훈으로 사람들에게 정욕으로부터 탈피할 것을 설득하여, 사색과 실천을 더욱 결합시키는 때에만 가능하다.

만일 제왕들이 우리들을 강압한다면 제왕의 깃발 아래서 봉사하지 않을 것이다. 국민들은 단지 덕성의 영역 안에서만 제왕을 위하여 싸우는 것이다.

## 3

부정(不正)은 그대와 신과의 사이에 놓인 장벽이다. 그대들의 죄악이 신의 얼굴을 돌리게 하는 것이다. 그러므로 그대의 기원이 신의 귀에 들리지 않는 것이다. 왜냐하면 그대들의 손은 피에, 손가락은 부정에 더럽혀졌고, 입은 거짓을, 혀는 허위를 말하고 있기 때문이다. 진실을 위하여 행동하는 자는 한 사람도 없다.

그리하여 정의와 진리는 우리에게서 멀다. 우리들은 빛을 기다리고 있다. 그러나 암흑뿐이다. 우리는 살고 있으면서도 죽어 있는 것과 마찬가지다.

## 4

"이 땅에 기괴하고 놀라운 일이 있도다. 선지자들은 거짓을 예언하며 제사장은 자기 권력으로 다스리며 내 백성은 그것을 좋게 여기니 결국에는 너희가 어찌 하려느냐?"

— 성경

## 5

"이 세상에 불법(不法)이 성하므로 많은 사람의 사랑이 식어지리라."                          — 성경

## 6

전쟁은 장막이다. 그 장막 뒤에서 여러 사람들이, 여러 민족들이 무서운 죄를 저지르고 있다. 만일 전쟁이 아니라면 그 죄는 결코 세계가 용서할 수 없는 죄이다.                          — 스프링필드

아무리 용서해도 또는 어떠한 말로 변명하더라도
살인은 분명 죄악이다.
그 때문에 모든 살인자, 살인을 준비하는 자는
결코 존경이나 칭찬을 받을 가치가 없다.
그들은 연민, 교화, 가르침이 필요하다.

## 내세

선, 즉 신에 대한 사랑과 영원에 대한 신앙은 같은 것이다.

### 1

신이 있고 내세가 있다는 것을 알려 준다고 해도, 누구도 그것을 믿으려 하지 않을뿐더러 고마워하지도 않는다. 나는 신의 존재와 나의 불멸을 나의 판단에 의하여 믿는다. 즉 신과 내세에 대한 신앙은 나 자신의 성질에 결합되어 있는 것이다. 때문에 이 신앙은 개인으로부터 분리할 수 없다.

— 칸트

### 2

우리들의 정신적 차원에 따라 영원에 대한 신앙의 정도가 결정된다. 우리들의 정신이 동물적인 우매로부터 멀어지고, 이기적인 비열이나 미련한 미신으로부터 분리되어 있는 정도에 따라 신앙에 대한 회의가 사라지고, 그 신앙의 독특한 위대성 속으로 들어가는 것이다.

— 말티노

## 3

내가 본 일, 알고 있는 일 모두가 내가 본 일도 없고, 알지도 못하는 것을 믿도록 가르쳐 준다.

— 에머슨

## 4

죽음은 전혀 두려운 것이 아니다. 죽음에 있어서 가장 두려워해야 할 것은 그 사람 자신의 생활이다.

모든 존재 가운데 선(신)을 사랑하는 사람은
자기의 불멸을 전혀 의심하지 않는다.

# 4월 10일 신의 나라

신의 나라가 가까이 이르렀다. 즉 사람이 점차 현재의 여러 가지 제도가 불합리하며, 인간의 천성에 위배되고 있다는 것을 의식한다면, 어쩔 수 없이 현존 질서의 변혁과 새로운 건설을 도모할 것이다.

## 1

예수께서 사람은 모두 신 앞에서는 평등하므로 서로가 평등하다는 것, 그 누구도 자기의 동포에 대하여 권력을 행사할 수 없다는 것, 평등과 자유는 지상에서의 신의 법칙이며 파괴할 수 없는 것, 모든 권력은 부정하다는 것, 사회 생활에 있어서는 서로에 대한 의무, 그리고 전체의 행복을 위하여 자유에 참가하는 봉사가 있어야 함을 가르쳤다.

## 2

지금 우리들은 서로 형제라는 공통된 종교적 의식이 있어야한다. 참된 과학은 이 의식을 생활에 적용하는 여러 가지 방법을 보여주는 것이라야 한다. 예술은 이 의식을 감정에 호소하는 것이어야 한다.

## 3

목적이 크면 클수록 더욱 더 앞으로 나아가야 한다. 서둘지 말라 — 그러나 쉬지도 말라.

― 마치니

"너희는 마음에 근심하지 말라. 하나님을 믿으니 또 나를 믿으라."
즉 예수께서 우리들에게 설교한 상부상조와 사랑의 법칙을 믿으라.
이 법칙은 이미 예수께서 가르친 이상 모든 사람들의 마음과
지혜에 의하여 할 수 있으며, 따라서 실현되지 않을 수 없다.

## 4월 11일 영적인 세계

　　　　　　영적인 세계는 모든 것이 육체의 세계 보다 훨씬 밀
접하게 결부되어 있는 법이다. 모든 기만은 또 다른 기만을 따
르게 한다. 모든 잔학성은 더 많은 잔학을 뒤따르게 하는 것이다.

### 1

만일 사람이 사소한 가르침이라도 무시하면 결국에는 중대한
가르침을 깨뜨리게 된다. 만일 사람들이 '네 이웃을 네 몸과 같
이 사랑하라' 는 가르침을 버린다면, 그에 따르는 여러 가지 계
율, 즉 '복수하지 말라', '악을 갚지 말라', '너의 형제를 미워하
지 말라' 하는 계율을 범하고, 마침내는 피를 흘리게 될 것이다.

― 탈무드

## 2

인간은 변변치 못한 기억을 가지고 있다는 이유로 자기 양심
이 깨끗하다고 자랑하고 있는 것이다.

*– 자니자드 라파에스키*

## 3

인간은 누구에게나 악이 있기 때문에 죄를 지을 수 있는 것이
다. 그러나 악은 근원적인 악을 제거해 버리면 자연히 없어지는
법이다. 마치 나무의 그루터기를 베어버리면 나뭇가지가 죽어
버리듯이.

*– 파스칼*

## 4

한 가지 악을 없애라. 그러면 열 가지 악도 없어지리라.

*– 로드*

악은 어떻게 생겨났을까? 그 근본을 더듬어 보라.
그 시초를 알려 주는 마음의 소리가 있다. 그 악은 보기 흉하고,
수치스런 것으로 되어 버린다. 걸음을 멈추고 찾아 보라.
그대는 악을 낳은 기만을 찾을 것이다.

## 4월 12일 신의 존재

**어느 정도 자기 자신의 내면을 향해 깊이 파고 들어가면 신을 알게 된다.**

### 1

신은 존재하고 있다. 왜냐하면 우리들이 존재하고 있으니까. 그것이 신이든 무엇이든 우리들 속에는 우리들에 의해 만들어진 것이 아니라, 우리들에게 주어진 삶이 있음에 틀림없다. 그 삶의 원천을 신이라 불러라.

*— 마치니*

149

*Spring*
•
*April*

### 2

공상으로 만들어낸 환영(幻影)을 두려워하는 것은 허용된다. 왜냐하면 그것은 공상이기 때문이다. 그러나 이지(理智)로 된 것은 두려워하면 안 된다. 왜냐하면 이지는 비판적인 힘에 의하여 기만될 수 없기 때문이다.

피조물이 창조자보다 클 수 없듯, 아이는 어버이보다 클 수 없는 법이다. 이지가 만들어 낸 공간에 대한 이해는 여기에서 수정되어야 한다. 이지는 공간으로부터 해방되어야 한다. 공간은 이지에 대하여 거짓된 이해를 주는 것이다. 그러나 이 해방은 우리들의 이지를 공간 속에서 볼 것이 아니라, 공간을 이지 속에서 보는 것을 배울 때에만 가능한 것이다. 그것은 공간을 공간

자체의 기초적 성질에 귀속시키는 것이다.

공간은 넓다. 이지는 중심(中心)이다. 그것을 이해하려면 신에게 도달해야 한다. 신은 수억 입방리(立方里)의 공간을 차지하고 있는 것이 아니다. 신은 그보다 몇 백 분으로 적을 수도 있고, 몇 백 갑절이나 클 수도 있다.

세계는 사상에 있어서 오직 한 점만을 점유하고 있음에 불과하다. 그러나 그 사상은 허공에 있는 하늘만큼 넓은 공간이 필요하다. 시간과 수량도 이지 속에서는 그와 같이 말할 수 있다. 그러므로 인간은 그 이지의 중심으로 돌아갔을 때 공간, 시간, 수량의 그 어떤 것보다도 큰 것이 된다.

— 아미엘

## 3

신을 찾지 않는 자에게 신은 없다. 신을 찾으라. 신은 그대에게도 나타나리라.

## 4

이전에 내가 이 분명한 진리를 보지 못했다는 것은 놀라운 일이다— 즉 이 세계, 그리고 우리들의 생활 위에는 그 무엇인가 있다는 것, 우리들은 번져가는 물거품처럼 그저 그 무엇 속에서 서로 경쟁하고, 부서지고, 사라져 버리는 것임을 알지 못했다는 것은 놀라운 일이다.

설령 인간이 신을 인식하지도 이해하지도 못한다고 해서
신이 존재하지 않는다는 결론을 내릴 권리는 없다.
그가 할 수 있는 결론은 그는 아직도 신을 인식하고,
신을 이해할 수 있는 힘을 얻지 못하고 있다는 것뿐이다.

## 4월 13일 이성

인간의 정신적 기원이 신의 섭리에 속해 있다는 것은
이성에 의하여, 다른 한편으로는 사랑에 의하여 알 수 있다.

### 1

성자의 특징에는 다음 세 가지가 있다. 하나는 남이 나에게 해
주기를 원하는 것을 하는 것, 다른 하나는 결코 정의에 위배되는
행위를 하지 않는 것, 마지막으로는 주위 사람들의 허물을 잘 참
는 것이다.

### 2

우리들의 도덕적 감정은 지적인 힘과 연결되어 있으므로 서로
접촉하지 않을 수 없다. 한 번 상처 입은 위대한 지식은 항상 이
세상에 대한 저주로 나타난다.

– 존 러스킨

## 3

위대한 사랑은 영혼에서 나오는 것이다.

*— 보브나르크*

## 4

이성과 지식은 서로 다른 성질을 가지고 있다. 지식은 인생의 현실적인 조건을 이해하고, 형성하는 능력이다. 이성은 인간 세계와 신의 세계와의 상호 관계를 밝혀 주는, 신에 속하는 마음의 본성이다. 이성은 지식과 동일한 것이 아니며, 서로 반대되는 것이다. 이성은 지식이 인간에게 던지는 갖가지 유혹으로부터 인간을 자유롭게 하는 것이다. 이성의 중요한 작용은 그러한 점에 있다.

## 5

일반적으로 이성과 양심을 구분해서 생각한다. 행동이 사색보다 중요하다고 말한다. 그러나 그것은 분리할 수 없는 정신의 힘을 떼어내는 것이나 다름없고, 그러한 사고방식에 의해 자신의 천성을 손상시키는 것이다. 도덕에서 사상을 빼버리면 무엇이 남겠는가? 사상의 힘이 없는 양심은 환상과 과장과 허위의 쓰레기로 변해버리고 말 것이다.

이 세상에서 가장 잔인한 일은 언제나 양심의 이름을 빌어서 저질러졌다. 사람들은 양심의 명령이라는 구실로 서로 증오하고 서로 죽여왔던 것이다.

*— 찬닝*

이성적인 인간은 악인일 수 없다. 선인은 항상 이성적인 인간이다.
그대의 내부 속에 이성에 따른 실천으로 선을 크게 하라.
그리고 사랑의 실천에 의하여 의지를 깊이 하라.

## 4월 14일 빈부의 차이

**　권력자와 힘없는 자, 즉 돈 많은 자와 돈이 없는 자로 분류되는 이 사회에서 좋은 제도를 만들기란 불가능하다.**

### 1

인간은 오직 땅에 의하여, 그리고 땅 위에서만이 존재할 수 있는 것이다. 그러므로 인간은 그 위에서 생존해야 할 땅을 어떤 누구의 독점물로 만드는 것은 용납할 수 없는 것이다.

― 헨리 조지

### 2

영국의 어떤 작가는 모든 인간을 세 가지로 분류했다. 즉 노동자, 거지, 도둑이다. 인간이 재물을 얻기 위해서는 세 가지 길밖에는 없다. 즉 노동하든가, 구걸하든가, 훔치든가. 그리고 노동하는 자들이 이토록 적은 보수를 받는 것은 분명히 일하지 않는 거지와 도둑이 많기 때문이다.

만일 누군가 자신의 손으로 이루지 않은 재물을 얻는다면, 그것은 분명 그것을 만든 자들의 덕분임에 틀림없다.

— 헨리 조지

## 3

인간이 행복할 수 있는 방법과 수단이 예전보다 훨씬 많아졌다. 이런 방법이나 수단을 우리 선조들은 어느 것 하나도 알지 못했다. 그렇다면 우리는 선조들보다 행복한가? 만일 소수 특권층의 몇 사람이 정도 이상으로 부유하고 행복하다면, 대다수의 사람들은 정도 이하로 가난하고 불행한 것이다. — 루소

## 4

한편에서는 무지, 구걸, 노예, 타락이 있고 다른 한편에는 교양, 재산, 권력이 있어 서로 존경하고 사랑하는 것을 방해하는 곳에 어떻게 그리스도의 형제애를 자리잡게 할 수 있을까?

— 마치니

## 5

굴욕적인 노예보다 폭압적인 군주가 더욱 나쁘다.

## 6

만일 그대가 일하지 않았는데 보수를 받았다면, 이 세상 어딘가에는 일을 하고도 보수를 받지 못한 사람이 반드시 있을 것이다. — 마이모니드

# 행상인(行商人)

　제롭 크랭크빌은 야채를 판다. 골목골목을 수레를 밀고 들어가, "배추나, 무우, 감자 사려!" 하며 외치고 다녔다. 양파를 팔 때에는 "싱싱한 아스파라거스 사려!" 하고 외친다. 이유는 양파가 가난한 자들의 양식이기 때문이다.

　언제였던가. 아마 10월 20일경 정오 때쯤이었을 것이다. 그가 몽마르트 거리에 야채를 실은 수레를 밀고 가고 있을 때, 구둣방의 바얄 부인이 가게에서 뛰어 나왔다. 그리고는 수레 곁으로 와서 더러운 것을 만지듯 양파를 손에 들고 말했다.

　"형편없군. 이거 얼마죠?"

　"15 수우입니다. 아주머니! 이렇게 좋은 양파는 찾기 힘들 겁니다."

　"이게 15 수우라구?"

　그녀는 말이 끝나자마자 얼굴을 찌푸리고, 들고 있던 양파를 수레에 내던졌다.

　그때 64호라는 번호를 어깨에 붙인 경찰관이 다가와서 크랭크빌에게 말했다.

　"이봐, 빨리 치우지 못해!"

　크랭크빌은 50년 째 아침부터 저녁까지 야채 수레를 끌고 다녔다. 그에게 있어서 경찰관의 명령은 무엇보다 우선시 되는 규범이었고 세상 하나뿐인 질서였다. 이때도 역시 빨리 수레를 끌고 가려고 바얄 부인에게 아무 것이나 마음에 드는 것을 고르라고 했다.

　"모두 형편없긴 마찬가지라구!"

　하며 그녀는 화가 나는 듯 중얼거렸다. 수레에 있는 양파를 모두 뒤적거린 후에야 겨우 하나를 골라 잡았다.

"14 수우면 되겠죠? 가게에 들어가 돈을 갖다 드릴께요. 돈도 안 가지고 뛰어 나왔지 뭐예요."

그녀가 양파를 들고 들어가자마자, 구둣방으로 어린애를 안은 손님 하나가 들어갔다.

64호 경찰관이 두 번째 말했다.

"이봐, 그래도 안 갈거야!"

"양파 값을 받아야죠."

하고 크랭크빌이 대답했다.

"내가 당신에게 양파 값을 받지 말라고 그러진 않았어. 교통에 방해가 되니까 빨리 가라는 거야."

하고 경찰관이 딱딱하게 내뱉었다.

그 동안 구둣방에서는 바얄 부인이 어린애의 발 치수를 재고 있었다. 손님은 아주 급한 모양이었다. 크랭크빌은 50년 동안 수레를 끌고 다니는 동안, 경찰관이 하는 말에는 절대로 복종해야 한다고 명심하고 있었다. 하지만 지금의 경우에 그는 자신의 권리와 의무에서 아주 곤란하고 예외적인 입장에 서게 되었다.

그는 법에 대해서는 잘 몰랐다. 사적인 권리를 행사하는 것이 사회적 의무를 수행하는데 방해가 된다는 사실에 대해서도 잘 이해하지 못하고 있었다. 그는 단지 14 수우의 돈을 받는 일에만 지나치게 정신을 쏟고 있었다. 수레를 끌고 나가지 않으면 안될 사회적 의무에 대하여는 깊이 생각해 볼 여유가 없었다.

세 번째 지시에서 64호 경찰관은 조용하면서도 엄중하게 빨리 치우라고 했다.

"빨리 가라는 소리가 안 들리는 거야?"

크랭크빌의 눈은 기어코 그 곳에 머물러 있지 않으면 안될 중요한 이유가 있는 듯이 빛나고 있었다. 그리고 그는 솔직하고 퉁명스럽게 대답했다.

"나으리야말로 제 말을 못 들으셨네요! 돈을 받기 위해 기다리고 있다고 하지 않았소!"

그러자 경찰관이 말했다.

"뭐라구! 그럼 당신은 관헌 반항죄로 끌려가도 된다는 말이군."

경찰관의 호통을 듣고도 크랭크빌은 그저 슬픈 듯이 그를 쳐다보기만 했다. 그리고 하늘을 보며 이렇게 말하는 것 같았다. "내가 죄를 지었는지 그렇지 않은지는 하나님이 알고 계시다."

하지만 경찰관은 이러한 마음속의 말을 알아차리지 못했을 것이고, 또 그 눈빛에 그가 명령에 복종하지 않는 충분한 이유를 찾을 수 없었을 것이다. 경찰관은 다시 사납고 엄중한 말투로 물었다. 그는 이 야채 장수가 자기의 명령을 들었는지 어떤지를 알려고 물었던 것이다.

마침 그때 몽마르트 거리는 마차와 짐을 실은 달구지가 서로 부딪치고 밀려 아우성이었다. 여기 저기서 욕지거리와 고함소리도 들려왔다. 뒤쪽에서는 마부들이 술집 여자들과 상스러운 말을 주고받고 있었던 것이다. 승합 마차 차장은 크랭크빌의 수레가 혼란의 원인이라 여기고는 양파 대가리 같은 바보라고 그에게 욕을 퍼부었다.

그 동안에 길가에는 구경꾼들이 모여들어 이 광경을 지켜보고 있었다. 그러자 경찰관은 모두 자기를 주시하고 있음을 깨닫고, 이제 어쩔 수 없이 경찰관의 직권을 행사할 수밖에 없다고 생각했다. 그는 결심한 듯이 호주머니에서 낡은 수첩과 짧은 연필을 꺼냈다. 크랭크빌은 어떤 내부의 힘에 지배되듯이 꼼짝도 않고 있었다. 또 이 처지로는 앞으로도 뒤로도 움직일 수 없었다.

게다가 불행하게도 그의 수레가 우유 배달 수레와 얽혀 버렸다. 그는 절망적이었고, 참다못해 자기 머리카락을 쥐어뜯으면서 소리쳤다.

"양파 값을 받아야 한다고 말하지 않았습니까?"

그것은 반항이라기 보다 절망을 표시하는 말이었으나, 64호 경찰관은 자기를 모욕하는 태도가 아닌가 하고 신경을 곤두세웠다. 그리고 경찰에 대한 모든 모욕은 무엇이든 이러한 말 — 즉 '망할 놈의 암소 같은 자식'이라는 말로 생각했다. 그리고 경찰관은 이 흔히 듣는 욕설에서 죄인이 말하는 것을 받아들이고 실감하는 것이다.

"뭐라고? 암소 같은 자식이라고? 따라와!"

야채 장수는 무슨 영문인지도 모르고, 그저 절망적인 눈으로 그를 바라보았다. 그러다 두 손을 푸른 상의에 마주 잡고 외쳤다. "제가 암소 같은 자식이라고 했다구요? 제가요?"

이 어처구니없는 체포 광경을 지켜보고 있던 술집 여자들과 아이들이 웃어댔다. 그때 구경꾼을 헤치고 상·하의를 까맣게 입고 높은 모자를 쓴 노인이 다가갔다. 노인은 경찰관에게 다가가서 조용하고 간단하나 매우 또박또박 말했다.

"당신은 오해를 하고 있소. 이 노인은 당신을 모욕한 것이 아니오."

"공무 집행 중이니 참견 마시오."

하고 경찰관은 그 노인에게 말했다.

그러나 상대방이 훌륭한 옷차림을 한 사람이라고 판단했는지 그 말은 매우 부드러웠다. 노인도 아주 조용한 태도로 변호했다. 경찰관은 "그러시다면 경찰서까지 가서서 변호해 주시지요." 라고 노인에게 말했다.

그때 크랭크빌이 다시 외쳤다.

"제가 언제 소 같은 자식이라고 했어요? 네?"

그가 이런 어처구니없는 말을 외치고 있을 때 바얄 부인이 구둣방에서 양파 값을 가지고 나왔다. 그러나 한 발 늦었다. 경찰관이 벌써 그의 멱살을 휘어잡고 있었던 것이다. 그녀는 그 모습을 지켜보다 가지고 왔던 14 수우를 치마 주머니에 도로 넣고 말았다. 크랭크빌은 문득 깨달았다. 야채 수레가 압수되었다는 것과 자기가 갇히게 되었다는 것, 그리고 날이 저물어 가고 있다는 것을. 그래서 그는 중얼거렸다.

"제기랄, 될 대로 돼라."

낯선 노인은 경찰서에 가서 자기는 마침 거리가 마차 때문에 혼잡해서 걸음을 멈추었고, 그 사건의 시종을 지켜보았음을 진술했다. 노인은 경찰관이 결코 모욕당한 것이 아니라고도 말했다. 노인은 데이빗 마체라고 하는 암부르즈 빠레의 병원장이며, 근위 사단의 기사이기도 했다고 자신을 소개했다.

하지만 크렝크빌은 풀려나지 않았다. 밤까지 경찰서에 유치되었다가, 아침에 죄수들 마차에 실려 형무소로 보내졌다. 형무소는 고통스러워 못 살만한 곳은 아니었다. 그는 이렇게 된 게 다 하늘의 뜻이라 생각하며 체념해 버렸다. 감옥의 벽과 마루는 놀랄 만큼 깨끗했다. 그는 중얼거렸다.

"감옥치고는 아주 깨끗하잖아. 마루바닥에 앉아서도 밥을 먹을 수 있겠는걸."

홀로 남게 되자 그는 의자를 움직여 보려 했다. 그러나 의자는 벽에 붙어 움직이지 않았다. 야채 장수는 자기도 모르게 큰소리로 떠들었다.

"허허, 이게 뭐야? 이런 곳인 줄은 몰랐는걸! 이런 곳이 다 있군."

그는 의자에 힘없이 앉아 가까이 있는 것들을 손으로 만지고 두리번거렸다. 그러나 얼마 지나지 않아 적막과 고독이 그의 마음을 짓눌렀다. 답답하고 초조해지면서 야채 수레가 생각나기 시작했다. 거기에는 양배추, 무, 양파, 상추가 가득히 실려 있었다. 그는 우울했다.

"놈들이 내 수레를 어디로 가져 갔을까?"

그가 머문 지 사흘 째 되던 날, 변호사 라메리 씨가 찾아왔다. 젊은 변호사였다. 크랭크빌은 사건에 대한 모든 것을 이야기할 생각이었다. 하지만 겨우 몇 마디를 할 수밖에 없었고, 다른 사람의 도움 없이는 자기에게 유리한 진술을 할 수 없었다. 변호사는 이상하다는 듯 고개를 저으면서 중얼거렸다.

"아, 이렇다면 이 사건은 아예 성립이 안되겠는 걸."

또 지친 듯한 표정으로 자기 머리를 만지면서 말했다.

"나는 노인께서 이 사건의 내막을 처음부터 끝까지 인정하는 것이 낫다고 생각해요. 당신이 모두 부인해 버린다면 상황은 점점 어려워지죠."

크랭크빌도 인정하라는 것이 무엇인지 알았다면 그렇게 했을 것이다. 푸리시 재판장이 크랭크빌을 심문하는데 무려 6분이 걸렸다. 재판장이 묻는 말에 피고가 대답만 하면 좋은 결과가 있었을 심문이었다. 그러나 크랭크빌은 심문이라는 경험이 처음인데다 이렇게 높은 분 앞에서는 두려움과 경외심으로 입이 막혀 버리는 것이었다. 그래서 야채 장수는 침묵할 수밖에 없었다.

결국 재판장이 묻고 답하는 형편이 되었다. 피고의 유죄는 결정적이었다. 재판장은 최종적으로 말했다.

"그러므로 결국 피고는 '망할 놈의 암소 같은 자식'이라고 말한 것을 인정하는 것입니다."

그러자 피고 크랭크빌의 목구멍에서 녹슨 쇳 소리와 함께 유리가 깨진 듯한 약한 소리가 튀어나왔다.

"경찰 아저씨가 '망할 놈의 암소 같은 자식'이라고 욕지거리를 하길래 저도 그렇게 말한 것뿐이예요."

그는 이 사건에 대한 고발이 전혀 기억에 없으며, 아주 애매한 것이었음을 말하려고 애썼다. 하지만 너무 긴장한 나머지 종이에 쓰지 않고는 알 수 없는 말을 정신없이 중얼거렸다.

푸리시 재판장은 그의 말을 알아들을 수 없었다.

"피고는⋯⋯"

하고 재판장이 말했다.

"경찰관이 먼저 그런 말을 했다고, 그게 정말인가?"

크랭크빌에게 사건에 대한 설명은 너무도 어려운 문제였다.

"피고는 변명이 없군. 바로 이것이 근본적인 잘못이야."

재판장은 증인을 불러내도록 명령했다. 64호 경찰관의 이름은 바스티 앙 마트로였다. 그는 선서에서 진실만을 진술하기로 했다. 그리고 그는 다음과 같이 말했다.

"본관은 10월 20일 정오쯤, 직무 수행 중 몽마르트 거리에서 행상인으로 생각되는 저 노인을 만났습니다. 그의 짐수레가 328호 가옥 곁에 불법으로 장소를 점령하면서 마차가 통행하는 데 큰 혼잡을 주고 있었습니다.

본관은 세 번이나 자리에서 떠나라고 명령했습니다. 그래도 불응하기에 경찰서로 연행하겠다고 경고를 했더니 그는 '망할 놈의 암소 같은 자식'이라고 외쳤습니다. 이 말에 본관은 참을 수 없는 모욕을 느꼈습니다."

그 간결한 진술에 법정에 모인 사람들은 호감을 가졌다. 경호원이 바얄 부인과 데이빗 마체 병원장을 법정으로 안내해 왔다. 바얄 부인은 아무것도 보지도 듣지도 못했다고 말했다. 마체 씨는 행상인에게 빨리 가라고 강요하고 있었던 경찰관을 둘러싼 군중과 함께 있었다고 말했다.

마체 씨의 진술은 이상한 결과를 가져왔다.

"저는 이 사건을 처음부터 끝까지 지켜보고 있었습니다."

"경찰관에게 오해가 있었는 줄로 압니다. 아무도 그를 모욕하지 않았습니다. 저는 경찰관에게 타일렀죠. 하지만 경찰관은 그를 체포하고, 나더러 경찰서까지 따라오도록 명령하기까지 했습니다. 그래서 경찰서까지 가서 제가 본 대로 말해 준 것뿐입니다."

"이제 앉아도 좋습니다." 하고 재판장은 말했다.

"경호원, 마트로 순경을 다시 불러와."

"마트로 순경! 그대가 피고를 체포했을 때, 마체 씨가 그것은 오해라고 타이르던가?"

"예. 마체 씨 역시 저를 모욕했습니다."

"마체 씨가 그대에게 뭐라고 했나?"

"마체 씨는 제게 '망할 놈의 암소 같은 자식'이라고 했습니다."

법정에는 수근거리는 소리와 작은 웃음소리가 번졌다.

"가도 좋아"라고 재판장은 빠르게 말했다.

그리고는 방청석을 향해 조용히 하라는 경고를 내렸다. 그렇지 않으면 퇴장을 명하겠다고 하였다. 사람들은 누구나 크랭크빌의 무죄를 믿었다.

법정이 조용해지자 라메리 변호사가 일어났다. 그의 변론의 시작은 경찰관의 직무를 치사해야 한다는 것이었다.

"그것은 사회에 대한 성실한 봉사정신 임에 분명합니다. 적은 보수에도 노역을 참고 위험을 무릅쓰면서, 매일 영웅적인 일을 완수하고 있습니다. 이것은 사실 병사 아닌 병사입니다. 이 한마디가 벌써 모든 것을 말해 주고도 남습니다."

그리고 라메리 씨는 병역의 도덕성에 대하여 높은 식견으로 말하기 시작했다. 라메리 씨의 말에 의하면 자신도 어떠한 말로라도 군대, 특히 국민군을 훼방하는 말을 사용하지 않는 사람 중의 한 사람이라는 것, 그리고 자신도 그 국민군에 속하는 영예를 가지고있다는 것을 말했다.

재판장은 동감을 표시한 듯 고개를 끄덕였다. 라메리 씨는 사실 국민군의 용병 중위였다. 그리고 뷔엘 오드리에트 부대의 국민 후보생이었다.

라메리 씨는 말을 이었다.

"나는 진정으로 알고 있습니다. 경찰관은 파리 시민들의 안녕을 유지하고 있는 겸허하고 고귀한 직무입니다. 그러므로 여러분, 만일 제가 변론하고 있는 피고가 이 병사를 모욕한 장면을 보았다면, 저는 결코 크랭크빌의 변호를 승낙하지 않았을 것입니다.

피고는 지금 '망할 놈의 암소 같은 자식'이라는 폭언에 대해 기소 중입니다. 이 말의 뜻은 백과사전을 찾아보면 아주 명백하게 알 수 있습니다. 즉 소는 성질이 우둔한 것을 말하는데, 별로 하는 일도 없이 소처럼 어슬렁어슬렁 돌아다니는 것같이 보이기 때문에, 이 말이 경찰에 쓰여질 때는 경관을 의미하는 것입니다. 또 '망할 놈의 암소 같은 자식'이라는 말은 사회의 어떤 단체에서 쓰이는 상용어이기도 합니다.

하지만 중요한 것은 크랭크빌 씨가 어찌하여 이 말을 했냐는 것입니다. 그리고 과연 그가 이 말을 하기는 한 걸까요? 이러한 의문을 제시할 수밖에 없음을 여러분께서는 용서하십시오. 저는 결코 나쁜 감정으로 마트로 순경을 의심하는 것은 아닙니다. 마트로 순경은 아시다시피 대단한 노역에 종사하고 있습니다. 때로는 피로에 지치고, 그래서 어떤 말들은 잘못 들을 수도 있습니다. 그리고 마트로 순경은 데이빗 마체 씨도 그에게 모욕을 주었다고 했는데, 마체 씨는 근위사단의 기사이며 병원 원장이기도 한 과학자이며 상류사회의 신사가 아닙니까?

우리들은 이 부분에서 마트로 순경이 일시적인 신경쇠약 증세가 있었음을, 최면술에 걸렸을 때와 마찬가지로 착각에 빠진 것임을 생각하지 않을 수 없습니다. 그리고 이 같은 경우에서 설령 크랭크빌이 '망할 놈의 암소 같은 자식'이라고 했다 할지라도, 과연 악의였던가 하는 점에는 의문을 가져야만 합니다. 여러분! 저는 이 가련한 노인에 대해 관대한 용서를 바랍니다."

라메리 씨는 자리에 앉았다.

푸리시 재판장이 판결문을 낭독했다. 크랭크빌은 2주일의 금고형과 50 프랑의 벌금형을 언도 받았다. 법정은 마트로 순경의 진술을 받아들였다. 크랭크빌 노인은 어둡고 긴 재판소의 복도로 호송되어 갈 때, 누구에게 동정을 받을까 싶어 그를 호송한 간수들을 세 번이나 불렀다.

"여보, 나으리! 나으리! 나으리!"

노인은 한숨을 내 쉬었다.

"만약 2주일 전에라도 이렇게 되리라고 일러주었더라면!"

그리고 자기가 생각하고 있던 것을 크게 말하였다.

"높으신 분들은 너무 말이 빨라요. 그렇게 빨리 말씀을 하니 천천히 생각해서 대답할 수가 없었는 걸. 간수님은 그렇게 생각하지 않으세요?"

하지만 간수는 걷기만 했다. 크랭크빌은 또 간수에게 물었다.

"왜 당신은 대답이 없는거요?"

그래도 간수는 말이 없었다. 노인은 화가 났다.

"개하고 지껄이고 있는 것 같군. 왜 아무 말도 안는거요? 그래, 당신 입에 바람 들어갈까 무서워 그러는군!"

다시 들어간 감옥에서 노인은 무서운 고독에 빠졌다. 그는 재판이 잘못되었다고는 믿지 않았다. 그 으리으리한 법정의 분위기는 자신을 잊어버리게 할 정도였다. 교회조차 가 본 적 없던 노인으로서는 그 법정만큼 으리으리한 곳을 본 일이 없었다. 그는 자기가 경찰관을 모욕했다고는 생각지 않았다. 그럼에도 2주일의 금고형과 벌금은 그런 말을 했다는 죄값이었다.

이 노인은 불쌍하게도 자기가 무언가 신비스러운 힘 속에서 64호 경찰관을 모욕한 것으로 생각하고, 자기 죄를 시인하도록 되어버렸다. 그를 감방에 가두어 놓고 관리들은 그가 경찰관을 모욕했다고 말했다. 그러자 노인 자신도 어떤 비밀스런 방법으로 정말 그렇게 외친 것은 아닌가 여기게 되었다.

그는 초자연적인 세계로 끌려들었다. 그리고 그에 대한 재판은 무엇인가 하나님의 계시와도 같다고 생각되었다. 그에게서 법정은 마치 자랑스러운 경축제와도 같았다. 법정은 그저 눈부시고, 황홀한 광경으로만 생각되었다. 그것에서 기쁨도 슬픔도 느낄 수 없었다.

감옥에서 나온 후 크랭크빌은 전과 같이 몽마르트 거리에서 야채를 팔았다. 그리고 "배추요, 무우요, 감자사려!" 하고 외쳤다. 그는 법정에서 받은 금고형을 자랑으로까지는 생각지 않았어도 수치스럽게 생각하지도 않았다. 이미 그 사건에 대한 고통은 벌써 잊어버린 후였다. 그 일은 그의 머릿속에서 하나의 연극과 같았으며, 여행이나 꿈 같기도 했다. 어떤 노파가 수레에 다가와 상추를 고르며 말했다.

"크랭크빌 영감. 그 동안 어디 갔던 거야? 3주일이나 말야. 어디 아팠어요? 그리고 보니 조금 여윈 것 같구료."

"그 동안 으리으리한 곳을 다녀왔다오. 마리오시 할머니."

하고 그는 대답하였다.

그의 생활에는 별다르게 달라진 것이 없었다. 다만 그 날은 여느 때보다는 술집을 많이 갔을 뿐이다. 왜냐하면 그에게 그 일이 경축제와도 같이 생각되었고, 높은 사람들과 알게 된 것 같아 다른 때보다 기분이 좋았기 때문이다. 그는 다른 날보다 일찍 자기 골방으로 돌아 왔다. 그리고 자리에 누워 호두 장수가 채소값으로 잡혀 준 주머니를 머리에 뒤집어 쓰고 생각했다.

"감옥에서 고생스러운 일은 사실 없었어. 내게 필요한 것은 모두 있었단 말이야. 그래도 내 집이 제일 좋단 말이야."

하지만 그 꿈 같은 상태도 오래 가지는 못했다. 마침내 그는 단골 손님들이 이상한 눈초리로 보는 것을 알아차렸다.

"안 살래요."

"안 사신다구요? 왜 그러죠. 공기만 먹고는 못산다구요."

그러나 캉트로 아주머니는 대답이 없었다. 새침한 모습으로 자기 빵 가게로 들어가 버렸을 뿐이다. 싱싱한 푸성귀와 꽃으로 가득 찬 그의 수레가 오기를 기다리던 여인들과 점원들이 이제는 그를 멀리하고 있었다.

그는 금고형을 살게 되었던 사건의 발단이 된 구둣방 앞에 서서 외쳤다.

"바얄 아주머니! 바얄 아주머니! 외상값 15 수우 주소!"

그러나 바얄 부인은 계산대 옆에 앉은 채 들은 채도 하지 않았다. 몽마르트 거리의 누구나 크랭크빌이 감옥살이를 하고 나온 사실을 알게 되었던 것이다. 그래서 누구 하나 그에게 아는 척도 안 했다. 이 소문은 리세 거리까지 퍼졌다. 그는 정오가 지나 리세 거리에서 로올 부인을 만났다. 로올 부인은 그에게 가장 신용 있는 단골 중에 하나였다. 그런 그녀가 다른 야채 장수의 수레를 손짓으로 불러서 큰 양배추 하나를 집어들었다.

이 광경을 보고 크랭크빌은 가슴이 아팠다. 그는 로올 부인에게 다가가서 애원하듯 말했다.

"아주머님, 제 수레는 거들떠보지도 않는군요!"

로올 부인은 크랭크빌에게 한마디 말도 없었다. 이미 그가 전과자라는 것이 소문 났기 때문이다. 크랭크빌은 이 모욕을 참을 수 없어 크게 소리질렀다.

"이 더러운 년!"

로올 부인은 들고 있던 양배추를 떨어뜨렸다. 그리고 고함쳤다.

"말조심하라구! 이 늙은 놈 같으니. 감옥에서 나온 지 얼마나 됐다고 벌써 시비를 거는 거야!"

크랭크빌은 여느 때 같았으면, 이런 일 따위로 로올 부인을 욕하진 않았을 것이다. 그러나 그는 정신을 잃고 그만 세 번이나 로올 부인에게 욕을 했다. 처음에는 더러운 년, 덜 돼 먹은 년, 호박 같은 년이라고 욕설을 했다. 그래서 크랭크빌은 마침내 몽마르트나 리세 거리의 모든 사람들로부터 외면 당하고 말았다. 노인은 중얼거리면서 떠났다. 로올 부인뿐만 아니라 누구도 그를 반기지 않았다.

그의 성격은 날로 거칠어갔다. 로올 부인과 다투고 난 다음, 그는 누구를 막론하고 말다툼에 휩싸였다. 사소한 일에도 단골 손님들에게 욕설을 퍼부었고, 물건을 고를 때 조금이라도 꾸물거려도 그는 당장에 얼간이라든가 느림보라고 욕을 했다. 술집에서도 동료들과 자주 싸웠다. 호두 장수도 크랭크빌 영감이 진짜 고슴도치가 되었다고 말했다.

그 불행한 사건은 그를 몹쓸 인간으로 타락시킨 것이다. 그는 자기에게 추호도 잘못이 없는 자, 자기보다 약한 자에게 이유 없는 화풀이를 해 댔다. 술집 어린아이를 몹시 때리기도 했다. 그 아이가 감옥은 재미있는 곳이냐고 물었던 것이다.

"이 석두 같은 꼬마 놈아!"

하고 어린아이에게 고함을 쳤다.

"네 놈 애비야말로 감옥에 가야 해. 이런 독약을 팔아서 신사들 주머니나 털어먹는 주제에 말야!"

크랭크빌은 결국 포악해지고 정신이 돌고 말았다. 인간이 그 지경에 처하면 다시 돌아오기 힘든 상태에 빠져버리는 것이다. 어느 누구라도 그를 멸시해 버렸다.

그에게 가난이 찾아왔다. 참으로 비참한 가난이었다. 한때는 몽마르트 거리에서 하루에 15 프랑이나 벌었던 야채 장수가 이제 겨우 1 수우의 돈도 가지고 있지 않았다. 그런 사이 추위가 찾아왔다. 골방에서도 쫓겨난 그는 야채 수레에서 잠을 자야 했다. 근 한 달 동안 장마비가 계속해서 쏟아졌다. 하수도가 넘치고 결국 수레가 있는 곳까지 침수되고 말았다. 냄새가 풍기는 수레 안에 쭈그리고 앉아서 노인은 생각하고 있었다. 그 주변은 쥐나 거미나 고양이가 득실거렸다. 그리고 지금은 덮어쓰고 잘 누더기조차 없는 상황이었다.

노인은 편안한 집에서 자고, 먹고 싶을 땐 먹을 수 있었던 옛날이 생각났다. 그는 굶주림도 추위에도 시달리지 않는 죄수들이 오히려 부러워지기 시작했다. 어떤 생각이 번개처럼 그의 머리를 스쳤다.

"옳지! 그 방법이 있었군. 어째서 그 생각을 못했을까."

그는 일어나서 거리로 나갔다. 밤 11시가 넘은 시간이었다. 날씨는 흐리고 답답했다. 서리가 내려 비올 때보다 더 춥고 몸이 움추려지는 것 같았다. 가끔 지나가는 행인들도 벽을 따라 걷고 있었다. 크랭크빌은 에브스타피 교회를 지나 몽마르트 거리로 가려고 했다. 거리는 매우 한산했다.

'질서 유지의 민중의 지팡이'는 교회 입구의 가스등 아래 인도에서 있었다. 경찰관은 모자를 눌러 쓰고, 모든 걸 잊어버린 자세로 우두커니 서 있었다. 어두운 곳보다는 밝은 곳이 좋은지, 그렇지 않으면 걷는 것이 귀찮은지, 경찰관은 전등 아래 친한 벗이라도 곁에 있듯 그 자리를 떠나지 않았다. 흔들리는 듯한 전등은 컴컴하고 한적한 밤의 오직 하나뿐인 말동무인 듯 보였다.

호수처럼 물이 고인 보도에 비친 장화 그림자는 그의 모습을 물 속으로 깊게 비추어 멀리서 보면, 반쯤 물 속에서 나온 거대한 짐승같이 보였다. 가까이 보면 모자를 쓴 경찰관은 승려나 병사와 닮았다. 그의 커다란 얼굴 윤곽은 모자 그림자 때문에 한층 더 크게 보였다. 그의 얼굴은 조용하나 슬퍼 보였다. 경찰관은 잿빛 섞인 짙은 수염을 짧게 하고 있었다. 그는 40세를 넘어 보이는 경사였다.

크랭크빌은 조용히 그의 곁으로 다가가 가느다랗고 떨리는 목소리로 말했다.

"망할 놈의 암소 같은 자식!"

그리고 그는 이 말로 인해 일어날 결과를 기다리고 있었다. 하지만 아무런 일도 일어나지 않았다. 경찰관은 비옷 주머니에 손을 집어넣은 채 아무런 반응도 보이지 않고, 그 자리에 서 있었다. 어둠 속에서도 빛이 나는 그의 큰 눈은 노인을 슬프고, 가엾게 여기는 듯한 눈초리로 바라보았다. 크랭크빌은 놀랐다. 그리고 다시 용기를 내어서 말했다.

"내가 당신에게 망할 놈의 암소 같은 자식이라고 했다구."

한참동안 침묵이 흘렀다. 그 동안에도 가랑비는 내리고, 짙은 어둠이 거리를 밀어내고 있었다. 드디어 경찰관이 입을 열었다.

"진심으로 말씀드리지만, 그런 말을 해서는 못써요. 영감님 나이가 되면 분별이 있을 텐데……. 어서 빨리 돌아가시오."

"왜 당신은 나를 체포하지 않는거요?"

하고 크랭크빌은 물었다. 경찰관은 머리를 저으며 말했다.

"내게 실례가 되는 말을 한다고 해서 모두 체포하다가는 내 일이 너무 많아지지 않겠소. 당신을 잡는다고 무슨 소용이 있겠소."

크랭크빌은 경찰관의 관대한 멸시에 놀라서, 한참동안 물이 고인 보도 위에 멍청히 서 있고 말았다. 하지만 그곳을 떠나기 전에 자신의 사연을 설명하고 싶었다.

"당신을 화나게 하려고 욕을 한 것이 아닙니다. 그저 다른 목적이 있을 뿐이었어요."

경찰관은 엄격하고 침착한 어조로 대답했다.

"어떤 목적에서든 누구 때문이든지 간에 그런 욕설을 해서는 안됩니다. 왜냐하면 사람이 자기 의무를 완수하기 위해 많은 고통을 참고 있는 걸 안다면, 그런 욕설은 하지 않는 게 좋다는 것을 알거요. 다시 한번 말하겠는데 빨리 집으로 돌아가시오!"

크랭크빌은 그만 고개를 숙이고 손을 저으며 어두운 밤비 속으로 사라졌다.

- 아나톨 프랑스

## 4월 15일 부자

　　이교도의 세계에서는 부(富)가 행복과 출세를 보장한다. 그러나 그리스도교에서는 재산이 그 사람의 결점이나 거짓을 드러내는 상징이 된다. 돈 많은 그리스도교도는 비겁한 영웅이라는 말과 같이 이치에 맞지 않는다.

### 1

　　자기 신뢰가 없는 사람들은 기존 질서를 유지하기 위해 노력한다. 그들은 물질적인 이익에 젖어 있으므로 정신의 발전마저도 물질적 관점으로 본다. 사람에 대한 존중도 인간의 내면적 가치에 따르는 것이 아니라, 재산을 얼마나 가지고 있느냐에 따라 달라진다. 그러나 참된 교양인은 지적인 자아에 대한 존경 때문에 물질적 소유나 자기 재산을 자랑으로 여기지 않는다.

– 에머슨

### 2

　　들어라 부자들이여! 너희에게 임할 고생으로 인하여 울고 통곡하라. 너희 재물은 썩었고 너희 옷은 좀먹었으며, 너희 금과 은은 녹이 슬었으니 이 녹이 너희에게 증거가 되며 불같이 너희 살을 먹으리라. 너희는 말세에 재물을 쌓았도다. 보라 너희 밭을 추수한 품꾼에게 주지 아니한 삯이 소리지르며, 추수한 자의 우는 소리가 주의 귀에 들렸느니라. 너희가 땅에서 사치하였도다. 또 죽였도다. 그는 너희에게 대항하지 아니 하였느니라.

– 성경

## 3

나는 곳곳에서 사회 전체의 행복을 위한다는 명목 아래 자기의 이익만을 추구하는 부자들의 음모를 본다.

– 토마스 무어

## 4

가난은 우리들에게 성지(聖智), 인내, 그리고 위대한 철리(哲理)를 가르쳐 준다. 우리들은 부나 명예, 권력에는 놀라지 않는다. 그러나 가난, 억압 그리고 도덕을 위한 인내에 대해서는 놀라지 않을 수 없다.

– 조로아스터

부자들을 존경할 것까지는 없지만, 그들을 가엾게 생각해 줄
필요는 있다. 또 부자는 자기의 재산을 자랑하기보다
도리어 부끄러워하여야 한다.

생활은 인식이다. 즉 유한한 자기 자신이 신에 속해
있는 본질임을 인식하는 일이다.

## 1

세계는 그저 비유에 불과하다. 사상은 사실보다는 진실하다.
또한 신비한 옛날 이야기나 전설도 참된 역사와 같이 진실이다.
왜냐하면 옛날 이야기나 전설은 역사 이상으로 심오한 상징이
기 때문이다. 즉 참된 실재(實在)는 정신이다. 그렇다면 다른 것
은 모두 무엇일까? 그것은 그림자, 간판, 형상, 비유 그리고 꿈이
다. 오직 인식만이 불멸이다. 인식만이 완전한 진실이다. 이 세
상은 큰 불꽃이며, 커다란 환등(幻燈)이다. 그 목적은 정신의 형
상화(形象化)에 있고 그 보완에 있는 것이다. 인식은 우주이다.
그리고 그 태양은 사랑이다.

– *아미엘*

## 2

나는 안다. 내가 죽지 않으면 안된다는 것을. 그러나 모든 것
들은 소멸하는 것이 아니라 극장에서 무대 장치가 변하는 것처
럼, 숲이나 돌로부터 뜰이나 탑으로 바뀌어지는 것처럼, 그저 변
화하는 것이다. 죽음은 내게 변화를 가져다 줄 뿐이다. 즉 내 자
신이 아주 소멸해 버리는 것이 아니라 다른 존재, 즉 세계의 다

른 부분의 성분 속으로 들어가는 것이다.

## 3

신은 자기 자신의 영혼 속에서 구하라. 그 이외의 다른 곳에서
는 결코 신을 찾아낼 수 없으리라.

― 카페드

## 4

인생은 영원하고 무한한 것이다. 때문에 시간과 공간으로 제
한된 현상 속에서 초시간적이며, 초공간적인 정신을 인식하는
것이 중요하다.

인간의 인식이란
바로 신의 인식이다.

## 그리스도교 정신

**그리스도교는 인간에게 완성의 길을 가르쳐 준다.**

### 1

그리스도교 정신이란 예수의 가르침으로 표현된 간단명료한 사실이다. 그것은 순수한 도덕성, 순수한 종교, 인간에 대한 사랑이다. 그 신앙의 강령은 하나님과 같이 완전해지라는 데 있다. 또 그 신앙의 유일한 형식은 신의 생활, 즉 가장 선한 일을 가장 좋은 방법으로, 그리고 가장 선한 목적을 위하여 하는 것이다. 그 신앙의 확립은 그대 영혼의 부르짖음 속에 있다. 그것은 만물의 시초이며 근원이신 신이 그대 속에 나타나는 것이다.

― 파커

### 2

한 사람의 인간은 인류 전체와 같이 위대할 수 있다. 그리고 모든 위대한 종교상의 천재는 사람들의 종교적 인식에 대하여 새로운 의식을 더해주는 것이다.

― 파커

### 3

인간은 인생의 목적 그 자체에 도달할 수 없는 것이다. 다만 인간은 인생의 목적으로 이끄는 그 방향을 알 수 있을 뿐이다.

침착하고 강한 자가 되고 싶거든, 자기 자신 속에 신앙을 확립하라.

 **4월 18일 지식**

**중요한 것은 지식의 양이 아니라 질이다. 우리는 많은 것을 알고 있으면서도 가장 필요한 것을 알지 못하는 일이 흔히 있다.**

## 1

최고 학부에서의 방법론적 논쟁이란 불확실한 의의를 더할 뿐이다. 그리고 실은 어려운 문제는 늘 피하고 있다. 왜냐하면 아카데미에서는 "그건 확실히 말할 수 없다." 라는 말을 좋아하지 않기 때문이다.       *– 칸트*

## 2

문명은 겉치레의 도금이다. 그래서 간혹 그 안에는 무지가 숨겨져 있기도 한다.       *– 맬러리*

## 3

학문만 있고 아무 것도 행하지 않는 학자는 비를 내리지 않는 구름과 같다.       *– 동양의 명언*

## 4

인간의 가장 높은 사업은 과학과 예술이다. 그러므로 과학이나 예술이 어떤 특정한 계급의 독점물이 되어서는 안된다. 그러나 영양의 독점과 과학과 예술의 독점은 다음과 같이 다르다. 즉 육체와 영양은 어떤 것이든 인간의 본성으로부터 멀리 떨어질 수 없다. 그러나 정신의 영양은 인간의 본성으로부터 떨어질 수도 있는 것이다.

## 5

모른다는 것은 손해도 수치도 아니다. 모든 것을 안다는 것은 그 누구도 불가능하다. 그러나 알지 못하는 것을 아는 척하는 것은 수치이며 큰 독약이다.

## 6

인간은 아무리 발버둥친다 하더라도, 이 세상 모든 것을 다 알고 이해할 수는 없다. 그러나 천박한 자들은 학문의 냄새를 약간만 맡고도 그것을 뽐낸다. 이러한 자들은 스스로를 학문이 있는 자로 자처하고 세상을 혼란에 빠뜨린다.          – 파스칼

참된 지식에는 무엇보다도 분명하지 못한 말과
정확하지 못한 이해가 해롭다. 그러나 소위 학자라 불리는 자들이
이러한 짓을 하고 있다. 즉 정확하지 못한 이해와 분명하지 못한
판단으로 머리속에서 비현실적인 말을 생각해내는 것이다.

**고뇌의 가치**

고뇌의 가치를 알지 못하는 자는 참된 삶의 가치를
모르는 자이며, 고뇌의 기쁨을 맛보지 못한 자는 아직 인생을
시작하지 않은 자이다.

## 1

고뇌, 고뇌로 인해 정신은 발달해 간다. 고뇌 없이는 성장도
기대할 수 없으며 인생의 향상도 불가능하다. 인간은 고뇌를 겪
으면서 영원으로 가는 것이다. 만일 인간에게 고뇌가 없었다면
그 인간은 나쁘게 될 뿐이다. 그러므로 이렇게 말할 수 있다. 불
행에 처한 자는 신에게서 사랑을 받는 자라고.

## 2

질병, 몰락, 환멸, 파산, 이별 등 이 모든 것은 처음에는 다시
찾을 수 없는 손실로 생각된다. 그러나 시간의 흐름에 따라 이
들 손실 속에 깊이 숨어 있는 강한 회복력이 나타나기 시작할
것이다.

*– 에머슨*

## 3

작은 고뇌는 우리들을 자기의 밖으로 끌어내지만, 큰 고뇌는
우리들을 자신 속으로 되돌아오게 한다. 금이 간 종은 탁한 소

리를 내지만, 그것을 돌로 쪼개버리면 다시 맑은 소리를 낸다.

– 쟌 폴 리히텔

# 4

종교의 힘과 행복은 그것이 인간에게 자기 존재의 의의와 자기 최후의 목적을 분명하게 해주는 데 있다. 그러므로 믿는 자는 상처받아도 기뻐한다. 믿는 자에게는 적의 부정이나 폭압조차도 불쾌하지 않다. 적의 죄악마저도 믿는 자의 희망을 빼앗지 못하는 법이다. 그러나 신앙이 사라진 세계에서는 악이나 고뇌는 그 의의를 잃고, 그것은 그저 짓궂은 농담이나 희망 없는 못된 장난으로 생각될 뿐이다.

– 아나톨 프랑스

# 5

고뇌를 겪어 본 사람만이 고난에 빠진 사람과 영혼으로 친근할 수 있다. 자신의 고뇌를 잘 극복했을 때 비로소 다른 사람들을 이해할 수 있고, 그들에게 격려의 말을 할 수 있는 것이다. 신은 슬픔을 통하여 우리의 지혜를 깊게 한다. 고뇌와 슬픔은 책에서는 얻을 수 없는 지혜의 편린을 얻도록 도와준다.

– 고골리

# 6

운명이란 무엇이냐 하는 의문보다 운명을 어떻게 생각하느냐가 더 중요하다.     – 훔볼트

정신적인 삶을 영위하는 자는 고뇌로써 완성의 목적에
도달할 수 있음을 인정해야 한다. 왜냐하면 그 사람에게는
고뇌가 슬픔이 아니라 오히려 행복의 근원이 되기 때문이다.

## 4월 20일 자기부정

정신적인 삶의 사람에게는 자기부정이 행복으로 가는
지름길이다. 마치 동물적인 인간에게 정욕의 만족이 그러하듯이.

### 1

예수께서 제자들에게 이르시되 누구든지 나를 따라오려거든
자기를 부인하고 자기 십자가를 지고 나를 쫓을 것이니라. 누구
든지 제 목숨을 구원코자 하면 잃을 것이요. 누구든지 나를 위
하여 제 목숨을 잃으면 찾으리라.

– 성경

### 2

사람들이 자기의 이기적인 욕심을 위해 노력할 때처럼 사회의
이익을 위해 힘쓸 때, 사람들은 평화와 행복을 얻을 것이다.

– 맬러리

## 3

불이 초를 닳게 하듯 선은 개인적 삶을 닳게 하여 없앤다. 죽음은 육체를 없앤다. 마치 건물을 세우기 위해 숲을 없애듯이. 그러나 건물을 세우는 자는 숲이나 육체가 없어진 것을 기뻐할 것이다.

## 4

그대 은혜로운 구름이여! 너는 가뭄에 태양이 쏟아지는 산 만을 소생시킨 것이 아니구나. 가뭄에 말라죽던 숲 만을 소생시킨 것도 아니로다. 너는 모든 시내의 흐름도 이어 주었다. 이 때문에 지금 그대는 지쳐서 그 자태는 희미해졌구나. 그러나 그러한 자태야말로 그대의 아름다움이니라.

– 인도 명언

## 5

남을 위해 살 때만이 자기를 위해 사는 것이다. 이 말은 이상하게 들릴런지도 모른다. 그러나 경험해 보라. 그것을 믿게 될 것이다.

정신적 생활을 영위하는 사람에게는
현세적 행복을 부정하는 일이 결코 괴롭지 않다.
그는 그 이외의 생활을 할 수 없게 되고, 그리하여 더욱 착한
인간이 되고, 그의 환경도 더욱 나아지는 것이다.

그리스도교의 세계

　　그리스도교에서 볼 때, 오늘날의 짐승 같은 생활의
무질서와 포악에서 벗어날 길은 하나밖에 없다. 그것은 사랑의
가르침을 소생시키는 것이다.


## 1

　　인간은 참으로 가련한 상태, 즉 도덕이나 지혜나 착한 습관을
잃어버린 상태를 불쌍하게 여기지 않기란 어렵다. 또 인간이 가
련하다고 생각하는 상태, 즉 파산이나, 아름다움, 건강 혹은 세속
적인 행복을 잃은 상태를 불쌍하지 않게 생각하는 것도 어려운
일이다.

## 2

　　사랑없이 남을 대하는 것은 있을 수 없다. 물질은 사랑없이도
대할 수 있다. 나무를 베고 벽돌을 굽고 쇠를 단련하는 데는 사
랑을 가지지 않아도 된다. 그러나 인간에 대해서는 사랑을 가지
지 않아도 좋을 때란 어느 경우에도 없다. 인간의 상호애는 인
생의 근원적인 규범이기 때문이다.

## 3

　　예수의 가장 중요한 법칙이 원수에 대한 사랑임을 진정으로
깨닫지 못했을 때에는, 나는 그것이 그저 그리스도교도들의 가

면이라고 생각했다.

― 레싱

## 4

    과거의 역사나 미래의 역사에 있어서도 나는 다음과 같은 사회에 대해 들은 적이 없었고, 또 들을 수도 없으리라. 그 사회란 신의 세계에 존재하는 것이며, 신에게 기초를 두고 있으며, 신에게 속한 세계관을 지지하는 사회를 말한다. 현재의 세계는 그렇게 세워져 있지 못하다. 신에게 속한 사회는 완전한 사회이다.

이 현세적인 생활을 계속할 수 있다는 생각은 버려라.
만일 그러한 생활을 계속한다면
사랑의 왕국에는 가지 못할 것이다.
사랑의 왕국에 가까이 이를 수 있는 길을 택하라.
그러기 위해 생활의 기초는 언제나 사랑 위에 두어라.

# 편지에서

이 세계는 인간이 태어나기 전에도 존재하였고, 인간의 사후에도 존재할 것이다. 인간은 이 세상이 영원하다는 것을 알고 있다. 그리고 이 영원에 참여하기를 바라고 있다. 일단 인간이 태어나면, 그는 자기를 둘러싸고 있는 이 세계 속에서 자기의 영원한 생명을 요구한다. 그는 자신이 시작되었음을 알고 있다. 그러면서도 끝나기를 바라지 않는다. 그는 큰소리로 확신하고 작은 소리로 기도한다. 그것이 그에게는 행복이다. 그러나 확신은 끊임없이 손가락 사이로 빠져나간다.

확신적인 지식은 요지부동한 것이고, 다시 말하면 죽음을 의미하는 것이다. 그러므로 확신 속에서 안심할 수도 없다. 그렇다고 막연한 이상(理想)에 만족할 수도 없다. 그리하여 그는 아무리 깊은 회의, 부정, 오만, 허영 속에 숨어 있더라도 항상 희망으로 되돌아오는 것이다. 희망 없이는 살아갈 수 없기 때문이다.

때로는 절망적인 암흑에 빠지지만, 인간의 이상이 완전히 사라져버리는 일은 없다. 인간에게는 철학상의 암흑이 오는 때도 있었다. 마치 달에 구름이 덮이듯이 말이다. 그래도 우리가 접촉할 수 없는 불가침의 광휘가 반드시 나타난다. 이렇게 희망은 본능적이며 본질적인 것이다. 또한 인간은 이상만으로 이지적인 통제를 하지 못하기 때문에 여러 가지 종교적인 수단을 찾는다. 종교적인 진리는 인간에게 영원을 약속하고, 인간에게 천성과 조화를 부여하여, 인간을 어떤 틀 속으로 끌어들인다. 즉 이 틀은 항상 인간의 이상을 필요로 한다.

이 세계를 창조한 힘은 왜 우리들을 창조하였으며, 우리들을 어디로 이끌어 갈 것인가를 알 수 있는 권리를 배후에 감추고 있다. 이 힘은 그것에 도전하는 어떤 의지나 어떤 욕구에도 그 자체의 비밀을 밝히지 않는다. 그렇기 때문에 인류는 그 속에 들어가기를 주저하기 시작했다고 나는 생각한다. 인류는 여러 가지 종교에 관심을 기울였다. 그러나 종교는 아무것도 설명해 주지 못했다. 왜냐하면 종교는 너무 많은 종류로 분열되었기 때문이다. 그래서 인류는 철학으로 눈을 돌렸다. 그것은 종교보다 아무 것도 더 설명해 주지 못했다. 왜냐하면 철학은 그 속에 여러 가지 반대 이론을 가지고 있기 때문이다. 그래서 인류는 자신의 능력, 단순한 본능에 의하여 지배받기를 원했다. 그리하여 인류는 이 세상이 제시하는 현실적인 방법으로 가능한 한 행복하려고 힘쓰고 있는 것이다.

이렇게 말하는 자들이 있다. 즉 "인생의 모든 고난에 대한 묘약은 근로이다." 라고. "근로는 만사를 정복" 한다는 것이다. 그것은 좋은 처방이며 훌륭한 효과를 가져다 준다. 그러나 반드시 충분한 대안은 아니다. 인간은 신체의 근육과 정신적 이지를 사용한다. 그러기 위해서 영양분 있는 음식을 먹고 재능을 얻는다. 그렇다고 행복을 얻는 것이 결코 인간의 유일한 소원은 아니다.

이러한 목적에 전력을 다하던 사람도 일단 그것을 성취하면 무언가 부족함을 느끼는 것이다. 이러한 사실은 인간이 육체만으로 이루어져 있지 않다는 것이다. 또 교육하고 발전시켜야 할 이지(理智)만으로 성립되는 것도 아니라는 것이다.

인간에게는 그 밖에도 영혼이라는 것이 있음은 분명하다. 그래서 이 영혼은 자체의 요구를 제시하고 있다. 이 영혼은 그칠 줄 모르는 고난 속에, 끊임없는 발전 속에 있는 것이다. 그리고 빛과 진리를 향하여 나아가고 있는 것이다. 그리고 빛을 얻지 못하고 진리에 도달하지 못하는 동안은 영혼이 인간을 괴롭히는 것이다.

그런데 보라! 지금처럼 인간의 영혼이 그 참된 모습을 감추고, 그 힘을 나타내지 않았던 시대는 없었던 것 같다. 영혼은 이 세계의 모든 공중에 산산이 흩어져 버리고 만 것이다.

그러나 희망을 가져보자. 때가 오면 모든 자들의 상호 이해가 반드시 올 것이다. 그것은 우리들의 생각보다 빠른 시일에 올 것이다. 나는 그것이 내가 세상을 떠난 후에 올 지, 나의 시각을 잃어버린 후에 올 지 알 수 없다. 그러나 나는 우리의 세계가 "서로 사랑하라" 는 말씀을 실현하는 시대로 돌아가리라고 생각한다.

이 말씀을 누가 말했는지, 신이 말씀하셨는지 아니면, 인간이 말했는지 그것은 밝힐 필요는 없다. 정신적인 운동이 사방에서 인식되어 오고 있다. 그것은 현재 스스로를 사랑하고 거짓 없는 자들에 의하여 인도되고 있는 것으로 생각되나, 마침내는 전 인류의 운동으로 확산될 것이다.

진정한 열정을 가지고 일을 하지 않는 자들은 서로 사랑한다는 것은 마치 어리석은 미치광이 짓이라고 생각할 것이다. 이것은 자연적으로 완성되는 것이 아님이 분명하다.

회의(懷疑)는 아직 있으리라. 아마도 유혈(流血)도 있으리라. 우리들은 사랑을 가르쳐야 할 자들에게조차 서로 미워하는 것을 배웠으니까. 그러나 어느 때나 한 번은 상호애의 위대한 규범이 완성될 시대가 있을 것이다. 나는 이 모든 규범이 완성될 것을 확신한다.

— 뒤마

## 4월 22일 자기 자신을 아는 것

**자기 자신을 인식하는 것은 신을 인식하는 것이다.**

### 1

예수께서 외쳐 가라사대, 나를 믿는 자는 나를 믿는 것이 아니요, 나를 보내신 이를 믿는 것이며, 나를 보는 자는 나를 보내신 이를 보는 것이니라. 나는 빛으로 세상에 왔나니 무릇 나를 믿는 자는 어둠에 거하지 않게 하려 함이로다. 사람이 내 말을 듣고 지키지 아니할지라도 내가 저를 심판하지 아니하니. 내가 온 것은 세상을 심판하려 함이 아니요, 세상을 구원하려 함이로다. 나를 저버리고 내 말을 믿지 아니하는 자를 심판할 이가 있으니, 곧 나의 한 그 말이 마지막 날에 저를 심판하리라. 내가 내 자의로 말한 것이 아니요, 나를 보내신 아버지께서 나의 말할 것과 이룰 것을 친히 명령하여 주셨으니 나는 그의 명령이 영생인 줄 아노라. 그러므로 나의 이르는 것은 내 아버지께서 내게 말씀하신 그대로 이르노라 하시니라.

– 성경

### 2

가장 위대한 지식은 자기 자신을 아는 것이다. 자신을 알고 있는 자는 신을 알고 있는 자이다.

## 3

　직접 경험하지 않으면, 글로 씌여진 것만으로는 우리들의 공포를 몰아내지 못한다. 그림 속에 있는 등불로는 어둠을 밝히지 못한다. 그대의 신앙과 기도가 열성적인 것일지라도, 그대 자신 속에 참됨이 없다면 행복의 길에 다다를 수 없는 것이다. 온갖 생명 없는 우상보다 차라리 집을 지키는 개가 더 낫다. 수많은 반신(半神)보다는 하나의 위대한 신이 낫다.

- 푸라나

## 4

　자신의 존재도 알지 못하는 자에게 신에게 가라고 큰소리로 설교하는 것도 우스운 일이다.

- 파스칼

인간은 스스로를<br>
굴종적이고, 불안하고, 가련한 세계로부터<br>
자유롭고 확고하고 즐거운 세계로 이끌어 갈 수 있는 능력이 있다.<br>
그것은 자기 자신의 정신적 본질을 인식할 때 가능하다.

참된 선은 언제나 단순하다. 단순함은 그토록 매혹적이고 유익한 데도 불구하고, 단순하게 사는 인간들이 이처럼 적다는 것은 실로 놀라운 일이다.

## 1

바다 저편에 있는 행복을 구하지 말라. 신은 우리에게 필요한 것은 쉽게 얻을 수 있도록, 그리고 얻기 어려운 것은 필요치 않는 것으로 만드셨다. 이렇게 준비하신 행복을 신에게 감사하라.

— 스코로보다

## 2

세상은 새롭게 얻어지는 것들로 인해 진화한다. 그러나 진화에는 대가가 따른다. 예를 들어 사회는 새로운 발명에 의하여 부유하게 되었지만, 그 반면에 선한 인간성을 잃고 있다. 문명국 사람들은 자동차를 얻었으나, 그 대신 다리가 약해졌다. 시계를 얻었으나, 태양을 보고 시간을 알아내는 지혜를 잃어버렸다.

또 달력을 가졌다. 달력 속에는 필요한 모든 것이 있는 줄로 알았다. 그러나 하늘의 별을 식별하는 법과 춘분과 추분을 읽는 법을 알 수 없게 만들었다. 참으로 지혜 있는 자는 쓸데없는 것은 버리고, 결국 자기에게 필요한 것만으로 되돌아오는 사람을 말한다.

— 에머슨

## 3

대수롭지 않고 눈에 띄지 않은 행위나 말씀은 작은 사랑의 씨앗이다. 그러나 씨앗은 자라서 마침내 그 가지가 이 세계의 모든 것을 덮으리라.

## 4

위대한 일은 뚜렷하게 눈에 띄지 않고, 겸허하고, 단순한 상태에서 이루어진다. 번개가 치고 폭우가 쏟아지는데 논밭을 갈고, 터를 닦고, 가축을 돌볼 수 있겠는가. 위대하고 참된 일은 언제나 단순하고 조용한 가운데 이루어지는 것이다.

## 5

좋은 것은 돈을 많이 주고 사도 싼 것이지만 나쁜 것은 싸게 사도 비싼 것이다.

- 소로

남에게 보이려는 단순함을 꾸미는 자들은
누구보다 단순하지 못하다.
계획적인 단순은
가장 불쾌한 기교이며, 가장 큰 허위이다.

## 4월 24일 신이 함께 하는 사람

**자기와 신이 연결되어 있음을 아는 자는 참된 용맹을 지닌다. 그것은 투쟁 속에서 나타난다.**

### 1

세상에서는 너희가 환난을 당하나 담대하라. 내가 세상을 이기었노라 하시니라.

– 성경

### 2

삶이 깊은 늪에 빠졌을 때 용기를 내라. 그것은 용감함을 발휘할 수 있는 기회다. 그때 우리는 행복한 것이다. 설령 사람들이 위험을 경고하고, 우리와 동조하지 않고, 또 배반할지라도 행복한 것이다.

– 콘웨이

### 3

어떠한 악조건 속에서도 용기를 잃지 말라. 인간으로써 정당하다면 어떤 나쁜 일이나 부당한 일도 일어나지 않는다.

### 4

옛날 로마의 여왕이 자기 보석을 잃어버렸다. 그래서 전국에 다음과 같은 공고를 붙였다.

'30일 내에 보석을 찾아 바치는 자에게는 많은 보상을 주겠다. 그러나 30일이 지난 뒤에 발각되는 자는 사형에 처하리라.'

유대의 학자 사무엘은 얼마 안되어, 그 보석을 찾아 여왕에게 바쳤다. 그러나 이미 30일이 지난 뒤였다.

"그대는 외국에 있었는가?" 하고 여왕이 물었다.

"아닙니다. 저는 국내에 있었습니다." 하고 그는 대답했다.

"그러면 그대는 아마 공고를 보지 못했던 게로군."

"아니올시다. 알고 있었습니다."

"그렇다면 30일이 지난 뒤에 가져온 이유는 무엇인가? 그대는 사형을 받고 싶은가?"

그때 사무엘이 이렇게 대답했다.

"저는 사형이 두려워서 이 보석을 바치는 것이 아니라, 신이 두려워서 바치는 것입니다."

여왕은 그를 용서하고 한마디 책망도 없이 석방하였다.

노력도 하지 않고, 자기가 하는 일을
신이 완성해 주기를 고대하지 말라.
그대의 모든 노력은 결코 헛되지 않으리라.
신은 언제나 노력하는 자를 도우신다.

인간은 자신을 육체적 본질과 정신적 본질로 나눌 수 있다. 육체적 본질만을 생각하는 사람은 자유롭지 못하고, 정신적 본질을 중요시하는 사람은 어떠한 환경에서도 자유를 누린다.

### 1

진실로 진실로 너희에게 이르노니 내 말을 듣고 또 나를 보내신 이를 믿는 자는 영생을 얻겠고 심판에 이르지 아니하나니 사망에서 생명으로 옮겼느니라. 아버지께서 자기 속에 생명이 있음 같이 아들에게도 생명을 주어 그 속에 있게 하셨고, 또 인자됨으로 인하여 심판하는 권세를 주셨느니라.

- 성경

### 2

신에 대한 사랑이란 무엇인가? 그것은 자신 속에 가장 높은 창조의 힘을 가져오기 위한 참된 노력에 불과하다. 신의 창조력은 이 세상 만물 어디에나 감춰져 있다. 그러나 이 세상에서 신의 창조력이 가장 위대하게 표현된 것은 인간이다. 그 힘이 작용하기 위해서는 우선 인간이 그것을 알아야한다. 자기 자신이 가장 훌륭하고 가장 고상한 것을 창조하고 있음을 알지 못하기 때문에 가장 악하고, 가장 추한 것을 만드는 것이다.

## 3

인간의 본성은 의롭다. 만일 이 의로움이 인생에서 상실된다면 그 사람은 행복할 수 없다.

- 중국 명언

## 4

영혼이란 무엇인지 생각해 보라. 영혼이 육체 속에 깃들여 있는 것이라고 생각하면 그것을 이해하기란 어렵다. 그러나 영혼을 육체로부터 분리시켜 하늘로, 즉 아버지께 되돌아가는 것이라고 생각하면 그것을 이해하기는 쉽다.

- 키케로

인간은 육체적 존재에서
정신적 존재로,
자신의 생활을 변화시키는 정도에 따라서
자유를 느낄 수 있다.

## 4월 26일 신을 닮는 것

**신을 의식하기란 쉽고, 누구나 할 수 있는 일이다. 그러나 신을 닮기란 어려운 일이다.**

### 1

학식이 높고 인간의 존재가치를 아는 사람은 겸허하게 인간으로서의 자기 한계를 알고, 신의 섭리를 벗어나려 하지 않는다. 그리고 이 한계 속에서만 신에 대한 이해를 구한다. 철학은 이 한계까지만 인간에게 이롭다. 그 한계 이상의 것은 인간에게 위험한 것이며 제멋대로의 추상에 불과하다. 그러나 더 높은 지식을 얻고자 하는 소수의 사람들은 단순하나 건전한 신의 의의에 만족하지 않고 보다 더 추상화된 신을 구하려 애쓴다. 만일 이 소수 사람들이 신을 보지 못했다면 그것은 신이 그들로부터 숨어버린 것이다.

― 루소

### 2

나의 내적 생활이란 양심을 말한다. 양심은 나의 것이 아니고 나의 의지에 의한 것도 아니다. 그것은 필요할 때 나타나는 것이다. 그러나 그것이 나의 내부에 존재할 때는 나와 동체(同體)가 되는 것이다. 나는 자신의 양심을 충분히 의식한다. 양심은 과거나 미래를 가지고 있지 않다. 오직 현재만을 가지고 있다.

시간도, 공간도, 모든 개인적인 것도, 선도, 악도 가지고 있지 않다. 양심이 나의 내부에 존재하는 한 나는 살아 있는 것이다. 양심이라는 것은 신, 그 자체이다.

신의 섭리에 순종하라. 자기 자신 속에 있는 신을 알라.
그리고 말로써 신을 정의 내리려 하지 말라.

 **심판**

**사람을 심판하는 것은 악을 행한다는 뜻이다. 그것은 매우 참혹하고 부정하다. 그 사람이 나를 칭찬하고 나에게 선을 베푸는 사람일지도 모르기 때문이다.**

*1*

비판을 받지 아니 하려거든 비판하지 말라. 너희의 비판하는 그 비판으로 너희가 비판을 받을 것이요. 너희 헤아리는 그 헤아림으로 너희가 헤아림을 받을 것이니라. 어찌하여 형제의 눈 속에 있는 티는 보고 네 눈 속에 있는 들보는 깨닫지 못하느냐?

— 성경

## 2

가장 보편적이고 일반적인 착각이 있다. 그것은 한 사람의 인간을 꼭 선인이라든가, 현인이라든가, 또는 악인이라든가, 어리석은 자라고 생각하는 것이다. 인간이란 꼭 그렇게 단정지을 수 없는 존재인 것이다.

## 3

그대는 이웃의 허물을 알고 있다. 그러나 그 이웃의 어떤 행위가 그대의 모든 생활보다 훨씬 더 신에 가까운 것일지도 모른다. 그런데도 그대는 그 이웃을 비난만 하고 있다. 그가 뉘우쳐 참회하고 있음을 보고 신은 이미 그를 용서하셨으나, 그대는 여전히 책망만 하고 있는 것이다.

## 4

만일 두 사람이 서로 적대시하고 있다면 두 사람 다 나쁘다. 영(零)에 아무리 영을 더한다 해도 그 답은 영이다. 그러나 적의(敵意)는 같은 적의끼리 곱셈한 답으로 나타난다.

싸움은 둘 다 나쁘기 때문에 성립되는 것이다.
어느 한 편이 절대 선하다면 싸움의 불길은 타오르지 않는다.
미끄러운 거울에는 성냥개비를 그어도
불이 붙여지지 않는 것과 같은 이치이다.

놀고 먹는 게으름이 행복이고, 일하는 것이 형벌이라고 생각하는 것은 교묘한 착오이다. 그리고 해로운 착각이기도 하다.

## 1

육체적 노동은 두뇌의 게으름을 방지하고, 두뇌의 목적 없는 활동을 규제하는 점에서 필요한 것이다.

## 2

행복을 위한 최상의 조건은 노동이다. 그리고 노동은 우선 자유로운 노동이어야 한다. 다음은 식욕과 깊은 수면을 줄 수 있는 육체적 노동이어야 한다.

## 3

육체적 노동은 모든 사람의 의무이며 행복이다. 그러나 두뇌나 정서나 감정의 노동은 특수한 노동이다. 그것은 오직 그와 같은 일을 사명으로 타고난 사람들에게 국한된 의무이며 행복이기도 하다. 학자나 예술가는 그 사명에 종사하기 위하여 그 평화나 안녕을 희생하는 것이다.

## 4

아무리 천한 노동이라도 그 일에 종사하는 사람은 마음이 편안하다. 회의, 비애, 후회, 분노, 자포자기 — 이 모든 악마는 불쌍한 인간에게 침투하고자 기회만 노리고 있다. 그러나 인간이 분연히 일어나 자기 일에 충실하면, 이 모든 악마는 그 사람을 공격할 수 없다. 그저 먼 곳에서 소리치고 있을 뿐이다. 그때 그 사람은 참된 인간이 되는 것이다.

– 칼라일

## 5

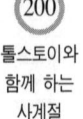

노동은 인간의 구성 요소이다. 그것을 빼앗기는 것은 고뇌를 낳게 할 뿐이다 — 노동은 도덕이 아니다. 노동을 공로라고 생각하는 것은 먹는 것을 공로나 도덕이라고 생각하는 미숙한 인간과 같다.

영혼을 평안한 상태에 두고 싶거든 피로할 때까지 일하라.<br>
그러나 무리는 하지 말라. 영혼의 평안한 상태는<br>
항상 태만에 의하여 파괴된다.<br>
그러나 때로는 과로에 의하여 파괴되기도 한다.

# 달걀만한 씨앗

옛날 어느 산길 중턱에서 어린아이들이 신기한 물건을 발견했다. 그것은 달걀 크기 만한 둥근 모양이었다. 마침 그곳을 지나가던 어른이 그 묘한 물건에 5 카페의 값을 치르고 어린아이들에게서 샀다.

물건이 너무도 신기해 궁전으로 들어가 임금님께 바쳤다. 임금님은 여러 학자를 불러모아 분부했다. 이 신기한 물건의 정체를 알아내라는 것이다.

학자들이 여러 방법으로 살펴보고, 고민해 보았으나 확실한 답변을 얻을 수 없었다. 그래서 그냥 그 신기한 것을 창문 아래 놓아두었다. 그랬더니 곧 닭 한 마리가 와서는 주둥이로 쪼아 구멍을 내고 말았다. 비로소 학자들은 그것이 씨앗임을 알아냈다. 학자들은 임금님께 이 물건이 귀리알이라고 말씀드렸다. 그 말을 듣고 임금은 깜짝 놀라 이 씨앗이 언제, 어디서 생긴 것인지를 조사하라고 명령했다.

학자들은 다시 연구에 몰두했다. 여러 방면의 책을 찾아보았으나 소용이 없었다. 결국 임금님께 "아무 것도 알아낼 수가 없었습니다. 저희들이 연구한 책에는 그 무엇도 적혀 있지 않습니다. 나이 많은 농부라면 이런 진귀한 물건이 언제 어디서 생겼는지를 알고 있을지도 모릅니다." 라고 말씀드렸다.

임금님의 명령에 당장 나이 많은 농부를 데려왔다. 얼굴은 비쩍 야위고, 이빨도 반쯤은 빠져 버린, 두 지팡이에 의지해야만 겨우 걸을 수 있는 늙은 영감이었다. 임금님은 씨앗을 그 노인에게 보였다. 노인은 눈이 어두워서 살펴보기보다는 손으로 그 씨앗을 쥐어 한참을 만져보았다. 임금님은 물으셨다.

"이런 씨앗이 어디서 생겨났는지 알겠느냐? 노인의 밭에 이런 씨앗을 뿌린 일이나, 이런 씨앗을 산 일이 있느냐?"

노인은 귀가 먹어서 임금님이 하시는 말씀을 알아듣는데 여간 힘이 들지 않았다. 겨우 알아듣고서 노인은 대답했다.

"이런 씨앗을 뿌려본 일도, 혹은 거두어들인 일도 없었습니다. 산 일도 역시 없습니다."

노인이 산 씨앗은 아주 작은 것이었다.

"혹시 저의 아버님께 물어 보시면 아실런지 모르겠습니다."

라고 아뢰었다.

임금님은 노인의 부친을 데리고 오라고 명령했다. 노인의 부친은 지팡이 하나만을 짚고 있었다. 임금님은 그에게 씨앗을 보여 주었다. 그리고는 물으셨다.

"이런 씨앗이 언제, 어디서 생겨났는지 아느냐? 노인의 밭에 뿌린 일이 있느냐? 또는 이런 씨앗을 산 적은 있느냐?"

노인의 부친은 아직 귀가 밝았다. 그 노인은 대답했다.

"저의 밭에 이런 씨앗을 뿌린 일도 거둬들인 일도 없습니다. 제가 젊었을 때에는 돈을 주고 사고 파는 일도 없었고, 자기가 지은 곡식을 먹고, 또 서로 나누어 줄 따름이었습니다.

나는 이 씨앗이 언제 어디서 생겼는지 모르겠습니다. 제가 젊었을 때에는 오늘날의 씨앗과 비교하면, 조금은 더 많은 수확을 했습니다만은 이렇게 큰 것은 처음 봅니다. 저의 아버님에게서 지금보다 씨앗이 훨씬 크고 또 잘 되었다는 말씀을 들은 일은 있었습니다. 저희 부친이라면 알고 계실지도 모르겠습니다."

임금님은 그의 부친을 데려오라고 했다. 얼마 후 임금님 앞에 나타난 노인의 부친의 부친은 지팡이를 짚지 않고 있었다. 게다가 활기찬 걸음걸이였다. 눈에는 빛이 나고, 귀는 밝았으며 말씨도 분명했다. 임금님은 그에게 씨앗을 보여 주었다. 노인의 부친의 부친은 씨앗을 보더니 이리저리 굴려 보았다. 그리고는 "한동안은 이런 씨앗을 보지 못했습니다." 라고 그는 대답했다. 그리고는 그 씨앗을 집어 입에 넣고 깨물었다.

"귀리알이 틀림없습니다." 라고 그는 대답했다.

"그러면 이 씨앗이 어디서 생겼는지 아느냐. 네 밭에 뿌린 일은 있었느냐. 아니면 너희 때에는 이런 씨앗을 살 수 있었는가?"

노인의 부친의 부친은 대답했다.

"저희 때에는 이런 씨앗이 잘 되었고, 우리는 모두 이런 씨앗을 먹고 살았습죠."

임금님은 또 물으셨다. "그러면 너는 이런 씨앗을 어디서 사서 너의 밭에 뿌렸느냐?"

노인은 웃으며 대답했다. "저희 때에는 씨앗을 사고 파는 일은 엄한 죄에 속했기 때문에 생각도 못했습니다. 돈이란 건 알지도 못했습니다. 곡식은 모두 자급자족 하였습니다. 저희는 이 씨앗을 스스로 뿌리고 가꾸어 거둬들였던 것입니다."

임금님은 다시 물으셨다.

"그러면 그대는 어디에다 이 씨앗을 뿌렸는가? 그대의 밭은 지금 어디에 있는가?"

노인의 부친의 부친은 대답했다.

"저의 밭은 신의 땅입니다. 괭이나 호미로 파는 곳은 어디나 밭이고 논이었습니다. 땅은 자유였습니다. 토지가 소유라는 것을 알지 못했습니다. 그저 노동만이 자기의 것이었지요.”

임금님은 다시 분부하셨다.

“아직 두 가지를 더 묻고 싶다. 첫째는 이런 씨앗이 옛날에는 되었는데 지금은 왜 안 되는 것이냐 하는 것이고, 또 하나는 너의 손자는 지팡이 두 개가 필요하고, 너의 아들은 지팡이가 하나 필요했다. 그런데 그대는 지팡이가 없이도 활기차고, 눈은 밝으며, 이도 튼튼하고 말도 또렷또렷하다. 이것은 도대체 무슨 이유냐?”

노인의 부친의 부친은 대답했다.

“그것은 사람들이 점점 자신의 노동으로만 살아가지 않기 때문입니다. 게다가 남의 것을 탐내고 있는 까닭입니다. 옛날의 생활은 지금과 같지는 않았습니다. 옛날에는 신을 섬기고 살았으며, 자기에게 필요한 것을 생산하고 남의 것을 탐내지 않았기 때문입니다.”

– 레프 톨스토이

## 4월 29일 병

　　질병은 인생에 있어서 인간이 가질 수 있는 어떤 상태 중의 하나이다. 즉 인간의 힘은 그가 처한 상태에서 탈출하기 위해 사용될 것이 아니라, 그가 처한 상태에서 가장 좋은 의미를 유지하기 위해 쓰여져야 한다.

### 1

　사람들은 대부분 건강할 때에만 신을 섬기고 봉사할 수 있다고 생각한다. 그것은 거짓이다. 그와 반대되는 일도 많다. 예수께서는 십자가에서 목숨이 끊어지면서도 그를 죽인 자들을 용서하는 기도를 드렸다. 그렇게 함으로써 하나님 앞에 가장 훌륭한 봉사를 한 것이며, 인류에게 새 삶을 가져다 주었던 것이다.

　모든 병든 자들도 이와 같은 일을 할 수 있다. 그리고 건강한 상태나 병든 상태, 그 어느 것이 신과 사람에 대한 봉사에 적절한 것인지는 결코 말할 수 없다.

### 2

　건강한 생활도 삶의 한 형태이다. 병도 삶의 한 형태이다. 그것은 둘 다 신과 인간에 대한 봉사의 형태이다.

### 3

　자기를 위하여 가능한 한 건강하고 힘이 강해야 하는 것은 당

연하다. 그러나 신을 섬기는 일에서는 그럴 필요가 없으며 그와
반대되는 일도 가끔 있다.

## 4

환자를 간호할 때 우리들은 가끔 다음과 같은 일을 잊어버린
다. 즉 환자에게 필요한 것은 죽음이 가까이 왔음을 숨기는 것이
아니라, 환자로 하여금 인생을 정리할 수 있도록 도와주어야 하
는 것이다. 육체는 땅에 묻혀도 정신적으로는 신에게 속한 것을
의식하게 하고, 본성으로 돌아가도록 돕는 것이 중요하다. 본성
은 병의 회복이나 죽음과 아무 관계도 없는 것이다.

병은 대개의 경우 육체적인 힘을 빼앗지만
정신적인 힘은 해방시킨다.
그리고 정신적인 영역에 자기 의식을 몰두하고 있는
사람에게는 병이란 행복을 빼앗는 것이 아니라,
오히려 행복을 더해 주는 것이다.

　　　무엇 때문에 살아야 하는지 모르고 살 수는 없다. 그리고 인간으로서 명백히 알아야할 첫째는 인생의 의의이다. 그러나 스스로 학문이 높다고 자처하는 자들일수록 인생의 의의를 알지 못하고 산다. 그들의 주장은 신도 삶도 하등의 의의가 없다는 것이다.

1

　사람들은 두 가지 다른 인생관을 가지고 살아간다.

　어떤 사람들은 인생을 감각적으로만 생각한다. 세상은 인간을 위하여 만들어진 것이기 때문에, 신은 인간의 욕구를 충족시키기 위하여 만들어진 것이라고 생각한다. 그러면서도 무의미한 고뇌나 무의미한 죽음에 대해서는 공포를 느끼고 마음을 졸인다.

　반면 또 어떤 사람들은 전혀 다른 관점의 인생관을 가지고 있다. 즉 정신적으로 자기는 신에 속한 존재라는 관점이다. 그래서 인간은 세계를 위하여 신을 위하여 존재하는 것이며, 고뇌하고 일하다 죽는 것은 신의 뜻이라는 것이다.

　인간은 이 두 종류의 인생관에 의하여 제각기 하나의 목적을 향하여 걸어간다. 감각적인 관점으로 사는 인간은 쾌락을 즐기고 경쟁하며 가는 곳마다 싸움·실패·피로·비애·질병 등에 부딪쳐 고통으로 가득 찬 인생을 살다가, 마침내는 물질의 힘에 굴복하고 만다. 그런 경우는 무의식 중에 할 수 없이 마치 노예가 쇠사슬에 매이듯 신의 섭리에 따르는데, 그들은 반드시 매우 큰 고난의 짐을 짊어지고 마지막 남은 행복의 조각을 지키려고 안간힘을 쓴다.

둘째로 신에 속해 있다는 관점에서 사는 인간은 정중하게 진리의 말씀을 받아들이고 신의 은혜 속에서 산다. 그들은 모든 어려움을 묵묵히 이겨나간다. 무의식 중에 고통과 예속의 운명으로 살아가는 것이 스스로 선택한 것이 아니듯, 인생의 기쁨과 행복 역시 의식적으로 만들어지는 것이 아니다. 행복이란 만드는 것이 아니라 자연적인 것이다. 가장 큰 기쁨과 행복은 인생관에 상관없이 모든 사람에게 공평하게 주어져 있다.　　　　－ 붓다

## 2

인생의 참된 목적은 영원한 생명을 깨닫는 데 있다.

## 3

인간은 자기가 왜 살고 있는지를 모른다. 그렇기 때문에 산다는 것이 얼마나 중요한가를 알지 못한다. 큰 공장에서 일하는 노동자는 자기가 하고 있는 일이 얼마나 중요한가를 모른다. 그러나 훌륭한 노동자라면 자기가 하고 있는 일이 얼마나 중요한가를 잘 알고 있다.

만일 그대의 이지가 이 세계에서의 그대의 위치와 사명을 가르쳐 주지 않는다면 그것은 이 세상의 잘못된 제도 탓이 아니라, 그대의 이지 자체와 그 이지에 그대가 부여한 그릇된 방향 탓임을 알아야 한다.

5월

*May*

*spring*

톨스토이와
함께 하는
사계절

# 5월

## 5월 1일 진리의 법칙

**진리를 알고 그것을 이루기 위해 실천하는 자에게는 아무런 두려움이 없다.**

211

*Spring*
·
*May*

### 1

어느 유명한 스승이 심하게 얻어맞았다. 그는 자기를 때리는 사나이에게 말했다.

"나는 이것과 똑같은 모욕을 너에게 줄 수 있다. 그러나 그렇게 하지 않겠다. 나는 너를 고발할 수도 있다. 하지만 고발하지도 않겠다. 나는 네가 준 이 모욕을 신에게 알릴 수도 있다. 그러나 나는 기도도 그만두겠다. 심판의 날이 왔을 때, 나는 너에게 신의 보복이 내리도록 마음 속으로 생각할 수도 있다. 설령 지금 당장 그 날이 와서 나의 기도가 이루어졌다 하더라도, 나는 너를 극락으로 데리고 가리라." *— 페르시아의 격언*

## 2

자신의 잘못은 가차없이 처벌하라. 하지만 절대로 그 때문에
절망해서는 안된다.

## 3

누가 나를 모욕한다면 그것은 그 사람의 본성이다. 즉 그의 성
격, 그의 온 신경이 그렇게 되어 있는 것이다. 나에게도 내 고유
의 성질이 있다. 그것은 하늘이 내게 준 것이다. 그러므로 나 역
시 나 자신의 본성에 의하여 행동하고 있는 것이다.

*– 아우렐리우스*

## 4

"어떤 어려운 경우에도 낙심하지 말라. 지나간 과거에 대해서
는 곰곰이 생각할 필요없다." 라고 성인들은 말하였다. 해야 할
일이라고 생각하면 실천하라. 실천할 바에야 굳은 의지로 남자
답게 행동하라. 별같이 잠들지 말고 끊임없이 하라.

*– 파스칼*

생활을 육신에 의지할수록 두려워 할 것이 많다.
생활에 대한 의식을 영혼 속에 넣어라.
그리하면 모든 공포가 사라질 것이다.

## 5월 2일 진리의 실천

어떤 진리를 가르치더라도 모욕을 느끼게 하는 방법이라면, 상대는 결코 그 진리를 인정하려 하지 않을 것이다.

### 1

누군가와 토론을 할 때 의견 차이로 화를 내기 시작한다면, 더 이상 진리를 위하여 논쟁하는 것이 아니다. 그건 자기 자신을 위해 다투고 있는 것이다.

— 칼라일

### 2

토론할 때 말은 부드럽게, 논지(論旨)는 확실하게 말하도록 힘써야 한다. 목적은 상대를 화나게 하는 것이 아니라, 상대를 설득시키는 것이니까.

— 윌킨스

### 3

진리로 향하는 길에 승리를 더하고자 한다면, 그 진리를 믿는 자들이 침착하고 곧아야 한다. 진리는 그것을 반대하는 자보다 그것을 믿는 자들의 가벼운 행동에 고통을 받게 마련이다. 이러한 예는 허다하다.

— 페인

## 4

상대가 어리석게 말하더라도 그대는 지혜로 깊이 들으라.

## 5

만약 누군가 칭찬할 만하다면 자신이 결코 그 칭찬에 부정하지 않도록 노력해라. 그것은 그의 능력에 대해 정당한 보수를 지불해 줄 수 있는 자신의 권리가 되는 것이다.

– 존 러스킨

만일 그대가 가지고 있는 진리가 있다면 가장 쉽고 단순하게,
상대의 의견을 공격하지 않으면서 그것을 주라.

## 5월 3일 지식의 사명

과학이 그 사명과 행복에 관한 연구라면, 예술은 그 연구의 표현방법이어야 한다.

## 1

현명한 사람들은 알고자 배운다. 어리석은 사람들은 남에게 알려지고자 배운다.

– 동양의 명언

## 2

인간은 자신의 능력과 주어진 환경 안에서 자기와 이웃의 행복을 만들기 위해서만 살고 있는 것이다. 인간은 이 최종적인 목적을 달성하기 위해 나보다 앞서 간 선배들의 경험을 이용하기도 하고, 비슷한 이유에서 배우기도 한다. 배운다는 것에 이런 목적이 빠져 있다면, 그것은 그저 남이 다 한 일을 반복하는 것 밖에는 없다. 단순히 안다는 것을 넘어서 선배들이 지금의 우리들에게 업적을 남겨 준 것처럼, 우리도 다음 세대를 위하여 사명을 가져야 한다.

― *리히텐베르크*

## 3

자신을 위한 학문은 이익을 가져오고, 남에게 학자로 대접받기 위한 학문은 아무 이익도 가져오지 못한다.

― *중국 잠언*

## 4

사람들은 자신을 갈고 닦는 학문보다 자기의 헛된 신념으로부터 나오는 미신에 더욱 접근하는 경우가 가끔 있다.

― *소로*

삶에서 인간의 목적은 모두 같다.
그것은 선에 있어서 완전이라는 것인데, 그러기 위해서는
거기로 이끌어 주는 지식만이 필요하다.

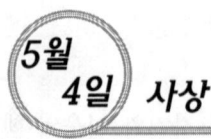

## 5월 4일 사상

**말로 표현된 모든 사상의 영향력은 무한하다.**

### 1

그대가 품은 사상 또는 모든 행위가 결국, 선 또는 악을 나타내는 그대의 능력이다. 후에 그것은 자기 발전이나 성장을 수반하여 그것을 시도했던 자신에게 되돌아가는 것이다.

― 맬러리

### 2

사상이 가지고 있는 힘은 도덕적인 방향에 의하여 위대하게 혹은 단단하게 되는 것이다.

― 세네카

### 3

간결하게 표현된 힘찬 사상은 인생을 풍요롭게 하는 데 도움이 된다.

### 4

천진난만한 어린아이는 신성하다. 세상의 부모는 씨 뿌리는 자이다. 부모는 아이 영혼 속에 말씀으로 열매를 뿌린다. 이것은 참으로 성스러운 일이다. 이 일은 언제나 종교의 신앙과 기도에 의하여 이루어져야 한다. 왜냐하면 부모는 신의 나라를 위해 이 사업을 함께 하고 있기 때문이다. 씨를 뿌리는 일은 매우 신비롭다. 모든 사람은 농부다. 모든 생활을 일구고, 그 땅에 씨를 뿌리는 일을 하고 있는 것이다. 말씀이란 삶을 가꾸기 위한 중요한 도구이다.

*– 아미엘*

# 5

사상은 인생의 합법적인 힘이다. 그것은 인간이 만들거나 저절로 생기는 것이고, 그 자체의 좋고 나쁨에 따라 저주받은, 또는 은혜를 입는 결과를 만든다.

*– 맬러리*

뒤대한 자들의 사상을 마음껏 섭취하라.
그런 연후에 설령 자신이 선한 사상으로 보답할 수 없다 할지라도,
최소한 거짓된 사상을 떠드는 일은 없어야 한다.

 **5월 5일** **정의와 교육**

　　　　세상 어느 곳에나 정의는 있다. 그러나 특히 교육의
여하가 정의의 중대한 요건이 된다.

### 1

　종교의 가르침은 교육의 기초이다. 즉 인간 의의와 사명을 밝
히는 것이다.

### 2

　어린 시절 지나치게 많이 습득한 것, 너무 이른 시기에 배운
것은 자라서 아무 소용이 없다. 기초가 튼튼한 척 하는 자는 어
린 시절의 착오에 대한 궤변자가 되어 버린다.　　　　　　　　– 칸트

### 3

　항상 정당하게 행동하라. 특히 아이들에게 정당하라. 아이들
에게 한 약속은 반드시 지켜라. 그렇지 않다면 지금 아이들에게
거짓을 가르치고 있는 것이다.　　　　　　　　　　　– 탈무드

그대들이 의심하거나 믿지도 않는 것을 아이들에게
성스럽고 거역할 수 없는 진리라고 쉽게 말하지 말라.
그렇게 하는 것은 큰 죄악이다.

# 교육(敎育)

모든 사람에게는 특별한 천성과 어떤 특정한 일에 대한 재능이 부여되어 있다. 아이들이 이 특수한 능력을 개발하도록 돕고, 그것에 따라 교육하도록 힘써야 한다. 모든 영역에 걸친 일반적인 교육은 모든 인간에게 중요하다. 그 다음에는 개개인의 특수한 소질을 개발할 수 있도록 교육해야 한다. 아이들의 특성을 살리는 것이 교육의 의미이다. 아이에게 있지도 않은 새로운 특질을 만들어 내는 것이 교육은 아니다. 그것은 불가능하다.

그러나 모든 아이들에게 불가피하고 중요한 것이 하나 있다. 그것은 삶에 대한 올바른 이해인데, 이 세상에 태어난 것은 바로 자신이 인간으로서의 의무를 다하기 위한 것이라는 것을 똑똑히 생각해야 한다. 인생은 의무이며, 사명이며, 근로이다. 결코 개인이나 사회에 대한 실리만을 중요하게 여기는 이론을 가르쳐서는 안 된다. 개인의 행복만을 믿는 것은 아이들을 공리주의자로 만든다. 사회의 실리를 알게 하는 것도 아이들을 공리주의자로 만들게 된다.

아이들은 여러 가지 이상향에 관하여 꿈꾸게 된다. 당연히 젊은 시절에는 꿈을 위하여 싸울 것이다. 그러나 결국 자기 마음 속의 환상이 그대로 이루어 질 수 없음을 깨달으면, 자신의 일에 관심을 집중시키게 된다. 결과적으로 그 아이들은 개인적인 행복을 쟁취하려고 힘쓰게 될 것이다. 그래서 그는 공리주의(이기주의)의 수렁에 빠지게 된다.

인생은 근로하는 데 의의가 있음을 가르쳐라. 따스한 행복의 태양은 길을 걷는 자에게 비치는 것이다. 신에게서 즐거움과 은총을 받고 있을 때만 행복의 태양은 그에게 미소짓는다. 그러나 행복을 찾아 다니는 일은 사람을 파멸로 이끈다. 즉 그에게서 행복할 수 있는 가능성조차 빼앗아 버리는 것이다. 타인의 — 즉 모든 이웃의 완성을 위해서, 자기의 덕성과 지성을 완성시키는 것이 인생의 참된 의무라는 것을 가르쳐라.

첫째로 인생의 의의를 알아야 할 것, 둘째로 말과 행위로서 그 의의를 따르고, 현실의 생활에서 그것을 경험하여야 함을 가르쳐라. 또 인생의 진리를 한정하는 두 가지 규범이 있음을 가르쳐라. 즉 자기 자신의 인식 — 자신에 대한 양심이 그 하나이고, 전통 — 즉 모든 사람에 대한 인식이 그 둘째이다.

— *마치니*

# 교육에 대한 편지에서

　모든 교육의 기초에서 오늘날 학교로부터 버려지고, 무시되어 버린 인생에 대한 종교적 이해를 높여야 한다. 그것을 가르친다는 것으로 충족되는 것이 아니라, 모든 교육 사업이 지도적인 임무를 띠고 있어야 한다. 내가 생각하기는 인생에 대한 종교적 이해는 교육을 넘어서 현대 생활의 기초가 되어야 하고, 또 될 수 있는 것이다.

　이것을 간단한 말로 표현하면, 즉 우리들 인생의 의의는 우리가 무한한 기원의 뜻을 이룩함에 있는 것이다. 우리들이 자신을 기원의 일부분으로 인식하면 그 기원의 의지는 온갖 생물의 화합, 특히 인간의 화합에 있는 것임을 알 수 있을 것이다. 그것은 인간의 동포애에 있으며 상호 봉사에 있다. 다른 측면에서 생각하면 인생에 대한 종교적 이해는 인생의 사업이 모든 생명체의 화합, 특히 인간의 동포애, 상호 봉사에 있다고 말할 수 있다. 왜냐하면 우리들은 모두 무한한 기원의 일부분으로써 자신을 인식하는 정도로 생존하고 있기 때문이다. 어떤 경우에도 종교적 이해로서의 인생의 현상은 모든 것의 화합이다.

　화합을 얻을 수 있는 단 한가지의 방법은 사랑이다. 그것이 인간의 동포애이자 실제적인 인생의 중심 법칙이고, 그것이 바로 교육의 기초 위에 있어야 한다. 아이들에게 이 화합과 동포애를 가르치는 것이 가장 중요하며 가장 좋은 일이다. 아이들은 어리면 어릴수록, 소위 의학에서 말하는 혼수상태의 초기 증세와 같다. 그러므로 무엇을 가르칠 때 이 상태를 고려하여야 한다.

　사람들은 의식적인 것과 무의식적인 것, 두 가지 주입식에 의해 교육할 수 있다. 우리들이 아이들에게 가르치려고 하는 모든 것, 기도나 노래, 무용이나 음악에 이르기까지 모든 것은 의식적인 주입이다. 우리들의 생각이 어떻든 아이들이 모방하는 모든 것, 특히 우리들의 생활이나 행위는-무의식적인 주입이나 의식적인 주입-아이들에게 하는 시범이며 좁은 의미의 교육이며 계발이라고 할 수 있다.

현대 교육에서는 첫 번째 것에 모든 노력을 경주한다. 두 번째 것은 본의는 아니지만 가볍게 여겨지고 있다.

이유는 우리들의 생활이 어리석기 때문이다. 어른과 선생들이 어른의 생활을 아이들에게 은폐하고 있다. 그리고는 아이들을 어떠한 특별한 조건-학교, 회관, 기숙사 기타 다른 시설-속에 수용한다. 또는 아이들의 무의식에서 자라나야 할 것을 의식적인 영역으로 강제로 옮겨 교육시켜 버린다. 그리고 도덕적인 규범을 강요한다. 그러나 그 규범에는 "내가 말하는 것을 실천하라. 그러나 내가 하는 일은 하지 말라." 라고 덧붙여야 한다.

이런 식으로 현대 교육은 본의가 아니더라도 교육의 본질과 멀어져 버렸다. 참된 교육이나 계발이 아예 사라지기도 했다. 만일 그것이 남아 있는 곳이 있다면 아마 가난한 노동자의 집일 것이다.

아이들에게 작용하는 두 가지, 즉 무의식적인 것과 의식적인 것 중에서-가정이나 사회에 있어서 매우 중요한 것은 무의식에서의 도덕성의 계발이다. 가난한 사람들을 이용하여 고리대금(高利貸金)업으로 생활하는 가정의 아이들에게 도덕적 규범을 가르친다고 해도 그 교육은 올바를 수 없다. 아이들은 이미 그들 가정 생활 속에서 무의식적으로 비도덕적인 습관에 젖게 된다.

아무리 의식적인 도덕규범을 교육받는다 해도 무의식에 내재된 습관은 아이들을 평생도록 따라다니며, 인생에서의 사악한 판단을 요구하게 된다. 이처럼 무의식으로 이루어지는 주입은 인생에서 매우 중요한 것이다. 그것이 착한 것, 도덕적인 것이 되려면 엄밀히 말해 모든 교육자의 생활이 옳아야 한다.

그러면 무엇이 착한 생활이냐 하는 질문이 생긴다. 선의 단계는 무한하다. 하지만 착한 생활의 공통적이고 중요한 점은 사랑의 완성에 대한 노력에 있다. 이것이 아이들에게 그대로 전해진다면 교육은 분명 훌륭한 것이 될 것이다.

아이들을 위한 교육이 훌륭한 것이 되기 위해서는 교육자 스스로 자신을 끊임없이 교육해야 하며, 아이들 서로간에 사랑을 실현할 수 있도록 도와주어야 한다. 이에 대해 가장 중요한 실천 방법은 모든 이들이 자기 마음에 수양을 쌓는 것이다. 이 내면적인 방법 말고도 여러 가지 방법이 있을 것이다. 그 어떤 방법이라도 찾고, 간구하고, 실천하고, 판단해야 한다. 지금 말한 모든 것들은 교육의 한 방면에 대한 암시이다.

다음으로는 학(學)으로서의 교육이다. 학으로서의 교육은 학문이나 교도(教導) 중 가장 현명한 사람이 발견한 것을 전해주는 데 지나지 않는다.

현명한 사람들은 항상 세 가지 사고방식으로 생각해 왔다. 첫째는 자기 인생의 의의를 철학적으로 생각하는 것, 즉 철학이나 종교이다. 둘째는 실험적 또는 관찰에서 연역(演繹)한다. 즉 자연과학이며, 공학, 화학, 생리학, 물리학이다. 셋째는 수학적인 사고인데 자기 사색의 위치에서 추리하는 것, 즉 수학이다. 이와 같은 지식이 거짓되고, 허무맹랑한 일일 수는 없다. 단지 아느냐, 알지 못하느냐의 둘 중의 하나이다.

이 세 가지 학문은 모두에게 해당되는 보편적인 것이며, 사람들을 통일시키는 것이다. 이 세 가지는 모든 사람들에게 유익을 주고, 사랑 혹은 동포애의 기준을 만족시켜 준다. 법률학, 역사학은 학문이 아니다. 이것은 예외적인 학문이다. 이상에서 설명한 세 학문에는 세 지류(支流)가 있는데, 이 지식을 전하는 방법으로는 역시 세 가지 방법이 있다.

그것을 전하는 첫째 방법은 가장 일반적이고 보편적인 방법이다. 그것은 언어이다. 그러나 언어에도 여러 가지가 있다. 동포애의 기준을 따르기 위하여 국어라는 과학이 나타난다.

둘째 방법은 형상적(形相的) 예술, 즉 회화나 조각이다. 그것은 타인의 시각에 호소하여 권하고자 하는 학문이다. 그리고 셋째 방법은 음악과 노래이다. 이것은 자기의 기분이나 감정을 전달하는 과학이다. 이 외에도 또 다른 종류를 하나 더 첨가해야 한다. 그것은 기술로서의 전달이다.

나는 이렇게 생각한다. 교육자는 여러 가지 시간표를 짠다. 그러나 그 시간표를 따르거나 따르지 않는 것은 배우는 자의 자유다. 그것이 아무리 이상하고 교육습관상 기형적이든 배우는 자의 욕구는 좋은 열매를 맺기 위한 '불가결한 조건'이 된다. 그것은 마치 몸의 영양을 얻기 위한 불가결의 조건인 먹고 싶을 때 먹는 것과 같다고 할 수 있다.

완전한 자유만이 착한 학생의 위치에 도달할 수 있는 가장 높은 단계에까지 인도할 수 있다. 그리고 다른 잘못된 학생 때문에 나머지 좋은 학생들을 통제하지 않는 것이 필요하다.

싫증을 느꼈던 과목에 다시 흥미를 가질 수 있다. 싫증을 느끼는 과목도 학생이 원할 때 자유로이 가르쳤더라면, 그 학생이 좋아하는 과

목이 되었을런지도 모른다.

　오직 자유를 주는 것에 의하여서만, 어떤 학생이 어떤 특수성과 본질을 갖고 있는지를 알 수 있는 것이다. 오직 자유만이 교육에 의한 영향을 헛되게 하지 않는다. 나는 학생들에게는 어떠한 강제도 필요치 않다고 본다. 현 교육은 학생들에게 가장 괴로운 강제가 가해져 있다.

　내가 말한 것을 실천하는 일이 아주 어렵다는 것을 알고 있다. 하지만 자유를 잃는다는 것은 교육의 의미와 가치에 있어서 근본을 망쳐 버리는 것임을 쉽게 알 수 있다. 이것을 깨닫고도 당신은 그대로 내버려 둘 것인가? 그릇된 일을 하지 않으리라 굳게 결심하였을 때에는 그 무엇을 하더라도 어려울 것이 없을 것이다.

– 레프 톨스토이

우리들은 마음 속에서 죽음과 떨어져 있는 무언가를
인정하고 있다.

## 1

현명한 사람은 남을 알고, 덕이 있는 사람은 자신을 안다. 남
을 이길 수 있는 자는 승자(勝者)요, 자신을 이길 수 있는 자는
강자(强者)이다. 죽음 앞에서 자신이 소멸하지 않을 것을 깨닫고
있는 자는 영원에 속한다.

— 노자

## 2

인간은 신의 속성으로 태어났다. 신이 없이는 인간은 아무런
인생의 의의가 없다. 결국 인간은 소멸하지 않는다. 우리들 눈
에 보이지 않는 일은 있으나 소멸되는 것은 없다.

## 3

내 앞에 있는 창 밖을 지나치는 사람이 빨리 지나가거나, 늦게
지나가거나 마찬가지다. 그가 내 눈에 보이는 한, 그가 존재하
고 있음을 알고 있다. 나의 눈에서 사라진 뒤에도 역시 그가 존
재한다는 것도 알고 있다.

## 4

나는 어찌할 수 없는 확신에 도달했다. 그 확신은 죽음이란 존재하지 않는다는 것이다. 인생이란 분명 영원에 속한다. 단지 형태만이 지상에서 소멸한다. 우리들의 형태가 죽는다 해서 우리들이 죽는 것이라고 생각하는 것은 일하다 연장이 없어졌다고, 일하던 사람이 죽었다고 생각하는 것과 같다.

— 마치니

## 5

신 밖에서 존재하는 것은 없다. 모든 존재가 신의 생활의 표현이다. 모든 존재는 무에서의 탄생이나 죽음이 아니다. 그것은 신의 영원성과 불사(不死)속으로 죽음에 의하여 참여하는 것이다.

자신의 불멸을 알고, 죽음을 두려워하지 않는 곳이
그대의 영혼 속에 있다. 그러므로 그 부분에서 살라.
그 영혼의 부분이란 사랑이다.

## 5월 7일 자기 안의 행복

　　　행복을 자기 외부에서 찾으려 하지 말라. 현재의 삶이나 미래의 삶, 그 어느 것도 행복을 자기 밖에서 찾는 일은 어리석다.

### 1

나는 나를 비쳐 줄 빛을 찾아서 곳곳을 헤매었다. 밤낮을 가리지 않고 쉼 없이 찾아다녔다. 그리하여 마침내 진리의 소리를 들었다. 마음 속을 되돌아보는 일, 그것은 내 마음의 울림이었다. 내가 그토록 찾아다니던 빛은 자신 속에 있었던 것이다.

– 페르시아 격언

### 2

운명 속에는 우연이란 없다. 어떤 운명에 부딪치기 전에 인간은 스스로 그것을 만들고 있는 것이다.

– 아벨 빌르멩

### 3

그대의 육체는 선과 악이 가득 차 있는 그대의 거리이다. 그대는 그 곳을 다스리는 왕이며, 그대의 지혜는 그대를 보좌하는 가장 큰 신하이다.　　　– 세이프 물리크

## 4

인간의 행복은 금은보화에 달려 있지 않다. 행복과 불행의 정령(精靈)은 그 사람 자체의 마음 속에 살고 있다. 한번이라도 의로운 일을 하고자 하는 바람을 가져보지 않는 자는 착한 사람이 될 수 없다. 현명한 사람은 어느 곳이든 자신의 보금자리라 여기며 머문다. 그리고 고귀한 정신의 소유자는 모든 세계가 그의 고향이며 안식처다.

― 데모크리트 아브델스키

자기 자신의 노력 이외의 것에서 구원과 행복을 찾겠다고
바라고 있을 때만큼 인간의 마음이 약해질 때는 없다.

## 5월 8일 공손함

공손함은 사랑을 불러온다. 사람의 마음을 끄는 가장 좋은 방법은 선을 수반하는 공손함에 있다. 그것은 저절로 드러나지 않는다. 그러므로 스스로 찾아낼 수 있어야 한다.

### 1

예수께서 제자들을 불러 가라사대, 이방인의 집권자들이 저희들 임의로 주관하고 그 대인들이 저희에게 권세를 부리는 줄을 너희가 알거니와 너희 중에는 그렇지 아니하니 너희 중에 누구든지 크고자 하는 자는 섬기는 자가 되고 너희 중에 누구든지 으뜸이 되고자 하는 자는 종이 되어야 하리라. 인자가 온 것은 섬김을 받으려 함이 아니라 도리어 섬기며 자기를 구제 받고자 함이 아니라 죽음으로서 많은 사람의 대속물로 주려 함이니라.

- 성경

### 2

어느 겨울날, 성 프란체스코는 레프 형제와 함께 벨자에서 포르치온큘로 가는 길이었다. 날씨는 매섭게 추워서 두 사람 모두 떨고 있었다. 성 프란체스코는 앞서 가는 레프를 불러 말했다.

"레프 형제여! 우리들은 신성한 삶의 모범을 보이려고 지상을 여행하고 있다. 그러나 이러한 일 속에 완전한 기쁨이 있는 것이 아니라고 기록해 두시오."

그리고 얼마쯤 가서 성 프란체스코는 다시 레프를 불렀다.

"레프 형제여! 설령 우리가 병자를 고쳐주고, 악마를 쫓아내고, 소경을 뜨게 하고, 죽은 자를 소생시킨다 할지라도 그 속에 완전한 기쁨이 있는 것은 아니라고 쓰시오."

또 조금 더 걸어갔을 때 성 프란체스코는 다시 말했다.

"그리고 또 써 두시오. 레프 형제여! 설령 우리가 모든 언어, 학문, 사적을 알고, 예언을 말하고, 양심과 영혼의 비밀을 알고 있다해도 그 속에 완전한 기쁨이 있는 것이 아니라고 기록해 두시오."

"또 기록해 두시오. 주님의 어린 양 레프, 설령 우리들이 천사의 말을 하고, 별의 흐름을 알게 되어 지상의 모든 재물이 우리 앞에 놓여지거나, 우리들이 새, 물고기, 온갖 짐승, 인간, 수목, 돌, 물의 생활의 비밀까지도 안다 해도 그 속에 완전한 기쁨이 있는 것이 아니라고 기록해 두시오."

그리고 또 얼마쯤 걸은 후, 프란체스코는 말했다.

"적어두시오. 설령 우리들이 선교에 의하여 모든 이교도들을 기독교인으로 개종시킬 수 있다해도 그 속에 완전한 기쁨이 있는 것이 아니라고."

그때야 비로소 레프가 성 프란체스코를 향하여 물었다.

"그러면 대체 무엇에 완전한 기쁨이 있습니까? 성 프란체스코여." 성 프란체스코는 대답했다.

"만일 어둡고 궂은 날, 우리가 추위 때문에 손발이 얼어서 마비되고, 굶주림에 고통스러워 포로치온쿨로 가서 문지기에게 들여보내 달라고 부탁하는데, 그가 우리를 보고 "그대들은 세상

을 헤매고 다니며 사람들을 속이고, 가난한 자들로부터 구걸하여 가는 놈들이다. 당장 여기를 물러가라." 라고 말하고는 문을 열어주지 않을 때, 그러나 우리가 문지기를 욕하지 않고, 사랑과 겸허로 그가 옳다는 것, 신께서 문지기에게 그렇게 하라고 암시해 주신 것이라고 생각하여, 춥고 굶주린 채 눈(雪)과 진흙탕에서 밤을 새우고, 문지기에게 한 마디의 불평도 말하지 않는다면, 레프 형제여! 그때에야 비로소 완전한 기쁨이 있으리라."

섣불리 자기 자신을 판단하려 하지 말라.
특히 남과 비교함을 피하라. 오직 완전한 것과 자신을 비교하라.

## 5월 9일 끊임없는 배움

**인생은 끊임없는 변화이다. 육체의 힘이 약해지고, 정신의 힘은 더욱 성장하는 변화이다.**

### 1

자신과 투쟁하고 자신을 억압하는 것은 우리들이 앞서 저지른 죄의 당연한 결과라야 한다. 또 그것은 사랑에 의한 투쟁인 것이다. 어머니는 자기 자식을 사나운 짐승의 이빨에서 뽑아낸다.

자식은 큰 고통을 느끼리라. 그러나 결국 그 고통은 자기를 구하려고 한 어머니 때문이 아니라, 그를 해치려던 짐승 때문임을 알아야 한다. 이와 같은 관계가 인간의 무신앙과 신앙의 투쟁 속에 있어야 한다.

신앙은 어머니처럼 우리들의 영혼을 무신앙으로부터 구출하는 것이다. 그리고 설령 그 투쟁이 우리에게 고통이 많을 지라도 피할 수 없는 것이고, 결국 우리가 행복함을 느끼게 되는 길이다. 만일 신의 방관으로 우리에게 투쟁조차 주어지지 않는다면, 우리는 얼마나 잘못될 것인가? 투쟁 없이는 신앙이 결코 생겨날 수 없다.

## 2

숨쉬고 있는 동안은 끊임없이 배우라. 백발이 지식을 가져오리라고 기대하지 말라.

— 솔론

## 3

도덕은 항상 전진하는 것이다. 그리고 그것은 언제나 출발선 상 위에 있다.

— 칸트

## 4

비둘기의 선은 도덕이 아니다. 또 비둘기가 늑대보다 도덕적이라고 말할 수도 없다. 도덕에 도달하는 것은 지혜와 선의 작용이 시작될 때에 비로소 가능하다.

자기완성의 과정에서 중도에 포기해서는 안된다.
만일 그대가 자신의 마음을 다스리는 일보다 외부적인 세계에
더 흥미가 느껴지거든, 그때 그대는 멈춰 있다고 생각하라.
세계는 그대 곁을 지나쳐 가고,
그대는 그렇게 멈추어 있기만 하는 것이다.

## 5월 10일 참된 실재

　실제로 존재하는 것은 정신적인 것뿐이다. 모든 육체적인 것은 겉으로 보여질 뿐 존재한다고 할 수 없다.

### 1

　한 사람이 두 주인을 섬기지 못할지니 혹 하나를 미워하며 나머지를 사랑하거나, 혹 다른 하나를 중요하게 여기며 또 다른 나머지를 가볍게 여기기 마련이다. 너희가 하나님과 재물을 겸하여 섬기지 못하느니라.

－ 성경

### 2

　자기의 영혼과 현세적인 행복에 한꺼번에 만족할 수 없다. 만일 현세적 행복을 바라거든 영혼을 거부하라. 만일 자기의 영혼

을 지키기 원하거든 현세적인 행복을 버려라. 둘 다 취하려고 하면 결국 모두 잃게 되는 것이다. 그대가 어떤 현세적인 것에 고뇌가 극심하거나 어긋날 때면, 언젠가 죽을 그대의 모습을 생각해 보라.

- 에픽테투스

## 3

자기 손으로 만져서 느낄 수 있는 것만의 실재를 믿는 자들은 참으로 어리석다.

- 플라톤

## 4

진정으로 배워야 할 대상은 하나밖에 없다. 그것은 영혼이다. 영혼의 여러 가지 양상, 그리고 그 변화를 알아야 한다.

모든 대상은 이것에 연결되는 가지에 불과하다. 그 밖의 모든 학문 역시도 이것에 연결되는 가지에 불과하다.

- 아미엘

## 5

하늘과 땅도 언젠가는 그 끝이 있다. 그러나 선은 존재한다. 그리하여 부정 역시도 언젠가는 그 끝이 오기 마련이다. 이 같은 진리를 인간은 신조로 삼아야 할 것이다. 영원은 시간에 대하여 승리를 거두는 것이다.

극과 극은 통한다.
항상 우리들은 가장 명확한 것, 가장 이해하기 쉬운 것,
가장 실체적인 것 ─ 이 모든 육체적인 것들을
감각으로 알 수 있다고 생각한다.
그러나 그러한 것은 가장 모순에 가득 찬 것,
그리고 가장 비실재적인 것이다.

## 5월 11일 이상

**이상(理想)**은 마치 먼 곳에 떠있는 별처럼 우리로부터 아주 멀리 떨어진 곳에 있기 때문에, 비록 우리의 생활이 여러 가지로 다를 지라도 모두의 앞에서 빛나고 있는 것이다.

### 1

이상이란 이지 안에 이미 내재하는 신의 질서이다. 또한 이지는 이상에 대한 능력이다. 그것은 영원성 속에 침투하는 것이다. 이에 반하여 현실적인 것은 한 토막에 지나지 않는다. 그것은 변화하기 쉽고 오직 규범만이 영원할 뿐이다.

이상은 파괴할 수 없는 희망이고, 현실에 대한 불가항력적인 항의이며 미래의 효소(酵素)이다. 그것은 우리들 속에 있는 초자연적인 것이다. 그것은 인간이 완성으로 향하는 능력의 원천이다. 이상을 가지지 못한 인간은 존재하는 것에 만족한다. 그는

현실과 투쟁하지 않는다. 그리하여 그에게 현실은 이미 정의이며 행복이다.

- 아미엘

## 2

개인과 마찬가지로 민족의 경우 또한 완성으로 향하여 움직이게 하는 힘은 '있는' 것에 대한 지식이 아니라, '있을 수 있는' 것에 대한 사색이다.

- 말티노

## 3

민족의 패망은 그 민족에게 신이 사라졌을 때이다. 즉 도덕상의 이상이, 그리고 그 이상을 향하는 신념이, 그 노력이 소멸했을 때만이 멸망하는 것이다.

## 4

'하나님 아버지처럼 완전하라.'
신과 같은 완전, 즉 최고 선에서의 완성은 모든 인간 앞에 서 있는 이상이다.

아무리 타락한 인간이라 할지라도, 항상 자기가 도달할 수 있는
완전함의 이상을 볼 수 있는 것이다.

## 5월 12일 망각

인생에서 가장 나쁜 망각은 인간에게 주어진 육체의 시간이 매 순간 죽음에 가까워지고 있음을 잊는 것이다. 사람이 젊으면 젊을수록 이 망각의 힘은 강하다.

### 1

죽음에 다가가고 있는 자들을 보는 것은 자기의 차례를 기다리고 있는 것이면서, 뒤에 남은 자들 스스로의 운명을 바라보고 있는 것이다. 대부분 사람들의 삶이 그러하다.

— 파스칼

### 2

중요한 지위에 있는 자들이 갑자기 죽어가는 경우를 목격할 때가 있다. 사람들은 죽음이라는 두려운 상황에 관심을 두지 않는다. 다만 그들은 그 중요한 지위에 자기가 앉을 방법에 대해서만 고민할 뿐이다.

— 라 브뤼예르

### 3

인간은 태어날 때 주먹을 꼭 쥐고 나온다. 그것은 마치 '이 세상은 내 것이다' 라고 하는 듯하다. 또 이 세상을 떠날 때는 주먹을 편 채 눈을 감는다. 그것은 마치 '나는 아무 것도 가지고 가는 것이 없다' 라고 하는 것과 같다.

– 탈무드

# 4

또 비유로 저희에게 일러 가라사대, 한 부자가 그 밭에 열매가 풍성하여 심중에 내가 곡식 쌓아 둘 곳이 없으니 어찌할꼬 하고 생각하다 내 곡간을 헐고 더 크게 짓고 내 모든 곡식과 물건을 거기 쌓아 두리라. 또 내가 내 영혼에게 이르되 영혼아 여러 해 쓸 물건을 많이 쌓아 두었으니 평안히 쉬고 먹고 마시고 즐거워 하자 하리라 하였다.

그러자 하나님이 이르시길, 어리석은 자여 오늘 밤에 네 영혼을 도로 찾으리니 그러면 네 예비한 것이 뉘 것이 되겠느냐 하셨다.

– 성경

# 5

이렇게 생각하며 살아가라. 그대는 지금 당장 죽음을 맞이하여 떠나가야 하는 것이라고. 또 이렇게 생각하며 살아가라. 그대 뒤에 남아있는 시간은 그대가 생각지도 못한 선물이라고.

– 아우렐리우스

# 6

다른 막에서는 아무리 아름다운 희극일망정 마지막 막에서는 항상 피가 흐르게 되어 있다.

우리의 머리 위로 흙을 덮는 것은 마지막 날이다. 그것이 언제
올지는 항상 알 수 없는 일이다.

— 파스칼

우리는 이 세상에 살고 있는 것이 아니라,
이 세상을 잠시 스쳐 지나가고 있다는 것을 명심해 두라.

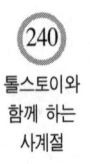

# 병원에서의 죽음

지금 이 글을 쓰면서 나는 폐병으로 죽어가던 한 사나이의 일을 분명하게 떠올린다. 그 사나이는 바로 나의 맞은편에 누워 있던 미하로프였다. 그러나 미하로프에 대해서 나는 조금밖에 아는 바가 없었다. 그는 겨우 25살이 될까 말까 한 아주 젊은 사나이였다. 키가 훤칠하게 크고 얼굴이 잘 생긴 사나이였다. 그는 독방에 있었고, 이상하리만큼 말이 적었다. 그리고 언제나 입을 다물고 우울한 표정을 하고 있었다. 그는 이 감옥에서 마치 '삐쩍 말라 버린' 것 같았다.

오랜 후에 죄수들도 그에 관한 여러 이야기를 하였지만, 그는 모두에게 매우 좋은 인상을 남기고 있었다. 나는 그저 그의 눈이 아름다웠다고 기억한다. 그는 서리가 내리던 맑은 어느 날, 오후 3시에 숨을 거두었다. 유난히 강한 태양 빛이 아직도 얼어붙은 푸른 유리창을 통해서 우리가 있던 방을 비쳐들던 것이 생각난다. 그 빛은 불행한 자들의 위에도 비치고 있었다. 그가 죽을 무렵에는 벌써 사람을 분간할 수 없었다.

그는 오랫동안 괴로워하고 있었다. 그 날도 아침부터 그의 곁을 지나는 누구도 알아보지 못했다. 사람들은 그가 아주 괴로워하는 모습을 보고 어떻게 해서라도 편안하게 해주고 싶었다. 그는 숨쉬는 것마저도 괴로운 것 같았고, 목에서는 가래 소리가 들렸다. 가슴은 공기량이 부족한지, 마치 공처럼 높다랗게 부풀어 올랐다.

그가 입고 있던 것을 벗기 시작했다. 이것저것 모두 벗어버리기 시작했다. 그리고 마침내 속옷마저 찢어버리고 말았다. 그의 길죽한 몸집, 피골이 상접한 손과 발, 홀쭉하게 들어간 배, 하나 하나 그린 듯

·

선명한 갈빗대가 앙상하게 보이는 부풀어 오른 가슴팍은 보기에도 끔찍스러웠다. 그것은 틀림없이 해골 같았다. 그가 몸에 지니고 있는 것은 부적 쌈지와 나무로 만든 십자가 뿐이었다. 이제 그의 마른 두 다리는 그 쌈지 속에라도 들어갈 수 있을 것만 같았다.

그가 숨을 거두기 30분 전부터 우리들은 아무 이야기도 하지 않았다. 소근거리는 소리도 없었다. 모두 엄숙한 순간을 맞이하고 있었다. 거친 숨소리가 커져가는 빈사 상태의 병자 쪽으로 가끔 눈을 돌렸다. 마침내 그는 휘청이며, 떠는 손으로 부적 쌈지를 잡아당겼다. 그리고 그것을 잡아떼려고 애썼고, 마치 그 쌈지가 그에게는 아주 무거워, 그를 몹시 짓누르고 있는 것 같았다. 사람들이 쌈지를 떼어 주자, 10분쯤 지나서 그는 숨을 거두었다. 간수에게 그의 죽음을 알렸다.

간수가 들어와 아무런 표정 없이 시체를 내려다 보더니, 의사를 부르러 나갔다. 의사는 몸집이 작고 젊었으며, 선량해 보이는 사나이였다. 빠른 걸음으로 조용한 방안에 발소리를 크게 내면서 시체 곁으로 갔다. 그는 시체의 맥을 손으로 짚어보며 진찰을 하고 난 후, 손을 저으면서 나가버렸다. 곧 죄수들이 간수에게 알리러 갔다. 간수가 오기를 기다리는 동안 누군가가 시체의 눈을 감겨 주는 것이 좋지 않겠느냐고 말했다. 그러자 모든 사람들이 고개를 끄덕여 동감하면서 일어나 시체 곁으로 가서 눈을 감겨 주었다. 그리고 베개 위에 놓여 있는 십자가를 아무 말 없이 미하로프의 목에 다시 걸어 주었다. 햇빛이 그 위를 아른거렸다. 입이 반쯤 열린 채였는데, 하얀 이가 입술 아래에 엿보였다.

이윽고 간수 부장이 들어왔다. 그는 짧은 칼을 차고 모자을 쓰고 있었다. 간수 부장을 따라 간수 두 명이 들어왔다. 간수 부장은 걸음을 천천히 하면서 다가왔다. 간수 부장은 조용히 자기를 쳐다보고 있는 죄수들을 이상한 눈초리로 살펴보았다. 시체의 한 걸음 앞에까지 다가선 간수 부장은 마치 굳어버린 사람처럼 갑자기 멈춰 섰다. 그는 더 이상 앞으로 나갈 용기가 없는 것 같았다. 간수 부장은 재빨리 단추를 풀고 모자를 벗었다. 지금까지 그런 일은 아주 드물었다. 그리고 커다랗게 십자가를 그었다. 그는 경건하고 위엄있는 얼굴을 하고 있었다.

나는 그때 역시 잿빛의 얼굴을 한 치쿠노프 노인이 일어서던 일이 생각난다. 그는 줄곧 잠자코 간수 부장의 얼굴만 바라보고 있었다. 바로 맞은편에 서서 간수 부장의 행동을 하나하나 뚫어지게 주시하고 있었다. 두 사람의 시선이 마주쳤다. 그러자 치쿠노프 노인의 입술이 웬일인지 갑자기 떨리기 시작했다. 그는 묘하게 이를 드러내면서 전혀 생각지 못했던 태도로 간수부장을 향하여 시체 쪽을 손짓하면서, "이 사나이에게도 어머님이 계셨어!" 하고는 한 쪽으로 가버렸다.

그러나 시체는 치워졌다. 그의 침대와 함께 들려 나갔다. 지푸라기는 스삭대고 쇠사슬은 철컥거렸다. 침묵하고 있는 방안에 소리를 내면서 마루바닥 위를 지나갔다. 모두 치워지고, 시체도 운반되어 버렸다. 그러자 갑자기 떠들썩해졌다. 어느새 간수 부장이 복도에 나가서 대장장이를 불러오라고 명령하는 소리가 들렸다. 시체의 쇠사슬을 끊어 주어야 하는 것이었다.

— 도스토예프스키

인간은 누구나 삶과 죽음의 의미에 대한 자신의 의식을 결정해야 한다.

## 1

현명한 자는 모든 것을 자기 자신에게 요구한다. 그러나 어리석은 자들은 모든 일을 남에게 요구한다.

- 중국 명언

## 2

영혼은 배우는 것이 아니다. 영혼은 배움 없이 스스로가 항상 알고 있는 것만을 알고 있다.

- 다우드 L. 가르핀

## 3

정치상의 승리, 재산의 증가, 질병의 완쾌, 금의환향한 친구, 이와 같은 일이 있으면 마음에 행복이 넘치고, 스스로가 자신에게 좋은 날이 왔다고 생각한다. 그러나 그러한 것을 믿지 말라. 그대 자신 이외에는 그 무엇도 그대에게 평화를 가져오지 못하는 것이다.

- 에머슨

비록 삶과 죽음에 대한 문제의 해답을
선현들로부터 받아들인다 하더라도,
그것의 해답과 선택의 지혜는 본인에게 달려있다.

## 5월 14일 신의 영(靈)

**신의 영(靈)을 알고 나면, 이 세상의 모든 불행과 공포가 사라진다.**

### 1

영혼은 모든 것을 알고 있다. 어떤 소식에도 영혼은 놀라지 않는다. 그 무엇도 영혼보다 위대할 수 없다. 영혼은 그 자체의 왕국 안에 살고 있는 것이며, 모든 공간보다 넓고 모든 시간보다 영원하다.

― 에머슨

### 2

신은 모든 인간 안에 있다. 그러나 모든 인간이 신 속에 살고 있는 것은 아니다. 등이 불 없이 켜질 수 없듯, 어떤 인간도 신 없이 생활할 수 없는 것이다.

― 라마크리슈나

## 3

기술이 훌륭한 목수는 무지한 자들이 그의 훌륭한 기술을 칭
찬하지 않는다고 해서 섭섭히 여기지 않는다.

*– 에픽테투스*

## 4

세계는 껍질이고 나는 그 중심이다. 나는 흙이 아니다. 신을
따라 이 세상을 살라. 이성(理性)은 '어떻게'와 '왜'를 묻는다.
사람은 모든 것을 신 속에서 생각한다.

*– 페르시아의 명언*

그 누구도, 그 무엇도 두려워 말라. 그대 자신 속에 있는
가장 존귀한 것은 누구 때문에, 또 그 무엇 때문에도
고통을 당하는 일이 없는 것이다.

## 진리가 주는 행복

**진리는 언제나 행복을 준다.**

### 1

진리는 이 세상의 시초부터 존재하고, 그 종말에 이르기까지 존재하고 있는 것이다.   – 칼라일

### 2

어떠한 비난도 결코 진리를 손상시키지 못했다. 진리의 성장은 비난 때문에 중단되는 일이 없다.

  – 맬러리

### 3

남에게서 주입된 진리는 그저 우리에게 걸쳐진 것과 같을 뿐이다. 그것은 마치 다른 가죽으로 수술한 코와 같은 것이다. 자신의 사색에 의하여 얻어진 진리는 우리들의 참된 코이다. 오직 그것만이 실제 우리들 안에 속하고 있는 것이다.

  – 쇼펜하우어

### 4

거짓은 그 무엇이라도 용납해서는 안된다. 용납된 거짓은 또 다른 거짓을 요구하기 때문이다.

진실을 피하여도 좋은 경우가 있으리라고 생각하는 것은
아주 일반적인 오류다.

## 5월 16일 인류와 종교

**인류는 어떠한 상황에서도 종교 없이는 생존할 수 없었고, 또 생존할 수도 없다.**

### 1

이성이 있는 사람이 종교 없이 살아갈 수 없는 이유는, 종교는 이성이 있는 사람에게 그가 무엇을 하여야 할 것인가에 대한 피할 수 없는 지침을 주기 때문이다. 이성이 있는 사람은 종교 없이 생존할 수 없다. 그것은 이성이 그의 천성을 조성하고 있기 때문이다. 종교는 항상 이성 있는 개인, 그리고 이성 있는 인류에게는 필요불가결한 조건이었다.

인간이 종교라고 부르는 법칙으로부터 교육, 정치, 사회, 경제 그리고 예술의 규범이 나타나는 것이다.

— 마치니

### 2

종교를 가지지 않는 인간에게는 세계와의 관계도 있을 수 없다. 그것은 심장이 없는 인간이 있을 수 없듯이 불가능한 일이다. 자기에게 종교가 있음을 의식하지 못하는 인간이 있을지는 모른다. 그러나 종교를 가지지 못한 인간은 심장을 갖지 못한 인간과 같이 생존할 수 없는 것이다.

## 3

종교적 감정은 참으로 중요한 것으로서 삶을 인도하는 유일한 것이다. 그리고 이 감정을 가지지 못한 자는 전통에 의하여 인도된다. 그리고 이 같은 인간을 사람들은 오히려 종교적이라고 말한다. 미래의 규범을 보는 자는 과거의 것을 무시한다. 그리고 사람들은 이와 같은 사람을 신이 없는 자라고 부르는 것이다.

## 4

일부의 인간들만을 보고 종교가 인류에 대하여 그 힘을 상실했다고 말하는 사람을 종종 본다. 그러나 그러한 일은 결코 없다. 또 있을 수도 없다. 왜냐하면 지금은 오직 일부 계급의 사람들만이 종교적 감정을 잃고 있는 것에 불과하기 때문이다.

만일 누가 불행하거든 그 원인은 항상 하나이다.
그것은 신앙의 결핍에 있는 것이다.
사회 일반에 대하여도 같은 말을 할 수 있다.

## 5월 17일 완전한 기쁨

성 프란시스의 말에 의하면 완전한 기쁨이란 세인의 불합리한 비난을 참는 것, 그로 인하여 생기는 육체적 고통을 견디는 것, 그리고 비방과 고통의 원인에 대하여 적대시하려 하지 않는 것에 있다고 한다. 그리고 그것은 인간들의 악이나 고통으로서는 파괴할 수 없는 참된 신앙과 사랑의 기쁨이다.

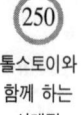

### 1

사람에게 보이기 위해 그들 앞에서 자신의 선을 행하지 않도록 주의하라. 그렇지 아니하면 하늘에 계신 아버지께 상을 얻지 못하느니라. 그러므로 도울 때에 의식하는 자가 사람에게 영광을 얻으려고 교회당과 거리에서 하는 것 같이 자신의 봉사 앞에 나팔을 불지 말라.

진실로 너희에게 이르노니 너희는 자기 상을 이미 받았느니라. 너희는 누군가를 도울 때 오른손이 하는 것을 왼손이 모르게 하여 너의 봉사가 은밀해져야 한다. 은밀하게 보시는 아버지가 갚으시리라.　　　　　　　　　　　　　　　　　- 성경

### 2

이름도 없고, 남들에게 자기의 행위가 이해되는 일조차 없더라도, 섭섭히 여기지 않는 자가 참되게 덕이 높은 사람인 것이다.
　　　　　　　　　　　　　　　　　　　　　　　- 중국 명언

## 3

남들이 비방하고 욕을 할 때에는 기뻐하라. 도리어 남들이 칭찬할 때를 슬퍼하라.

## 4

남들과 대화할 때 그들로부터 칭찬이나 아첨을 기대하지 말 것이며, 반대로 비난이나 조롱 같은 나쁜 의견을 항상 예상하고 이야기하도록 자신을 훈련하라.

어떤 행위를 미친 짓이라고 비난하는 것은 잘못이다.
왜냐하면 그러한 다른 행위를 하면서도 그가 신과 이웃에 대한
자기의 참된 사랑이라고 생각하며,
그것이 사랑이기를 바라는 경우가 있을 수 있기 때문이다.
그러한 경우일수록 그 비난과 공격은 잘못이다.

정신이 신에게 속하는 본질임을 인식하는 것은 인간에게 큰 힘을 주는 것이다.

## 1

자신의 정신을 맑게 하고 의심에서 탈피한 사람들에게는 하늘이 땅보다 가까이 있는 것이다. 모든 물질에 대한 진정한 지식은 무엇이 참된 본질이냐 하는 것에 관한 이해이다.

– 인도의 잠언

## 2

인간은 강한 존재이다. 자기 영혼의 힘을 알고, 그리고 자기 이외에서 힘을 얻고자 할 때에는 힘을 잃은 것이라고 깨닫는 자는 바른 길을 걷고 있으며, 또 기적을 일으킬 수 있는 사람이다. 그는 자기의 발로 서고, 땅에 넘어지는 일이 없는 인간이다.   – 에머슨

## 3

당신이 신과 함께 있을 때 누가 악한 짓을 할 수 있겠는가. 누가 당신보다 강할 것인가. 당신은 신과 함께 있는 것이다.

## 4

인간의 정신과 양심은 당연히 신에게 속하는 것, 악을 거부하

고 선을 따르며 자신이 신의 구체화로 나타나는 것, 인간의 기쁨은 사랑에 있고 인간의 고통은 노여움에 있으며 인간의 고뇌는 부정이 나타날 때 생기는 것, 인간의 행복은 자기 희생에 있는 것, 이러한 일은 인간이 고귀한 신과 결합하고 있다는 것에 대한 영원함 그리고 의심할 수 없는 증명이 될 수 있다.

– 존 러스킨

자기의 정신이 신에게 속해 있음을 인식하고<br>
그 의식 속에 살고 있는 자는 자기의 행복을 위하여<br>
바랄 수 있는 모든 것을 가지고 있는 자이다.

## 5월 19일 신의 법칙

**신의 법칙은 모든 종교 속에 표현되어 있다.**

### *1*

의심할 수 없는 신의 현현(顯現)은 선의 법칙이다. 그것은 이 세계에 존재하는 것이며, 인간이 자기 자신 속에 느끼는 것이며, 그것을 의식함으로써 인간은 자기도 모르는 사이에 남들과 결합되는 것이다.

## 2

어느 성자에게 사람들이 물었다.

"나의 행복을 위하여 일생을 바쳐서 봉사할 만한 법칙이 있을
까요?"

성자는 대답했다.

"있다. 자기가 원하지 않는 바를 다른 사람에게 권하지 말라
는 것이다."

– 중국의 잠언

## 3

의지의 준칙이 항상 변하지 않고, 인간 전반의 보편적 입법(立
法)의 원리에 타당하도록 행동하라.

– 칸트

## 4

우리들의 의무의 근원은 신 속에 있다. 우리들의 의무의 한계
는 신의 법칙 속에 포함되어 있다. 항상 더욱 더 그 법칙을 계발
하고 적용하는 것이 인간의 사명이다.

– 마치니

남들과 접촉할 때마다 상부상조의 의미를 떠올려라.
사람들이 그대에게 바라는 것을
그대도 남에게 주어야 할 것임을 명심하라.
그러면 마치 그것이 나의 습관이 될 수 있을 것이다.

# 폭력의 법칙과 사랑의 법칙

한 인간이 다른 인간에게 육체적이거나, 정신적인 폭력을 행사하는 것은 옳은 일인가? 설령 그것이 악이나 혹은 개인이나 사회의 행복에 대한 방해를 극복한다는 목적을 가지고 있을지라도 또는 그 이상으로 정신적 결합이라는 높은 목적을 가지고 있을지라도 말이다.

성경에 있는 악에 대한 무저항주의의 가르침은 이 문제를 부정적인 의미에서 해결하고 있다. 그리스도교도로서는 폭력을 행사하는 것은 불가능할 뿐이니라.

"누구든지 네 오른편 뺨을 치거든 왼편도 돌려 대라" 라고 한다. 이와 같은 것이 그리스도교도에 대한 신의 규범이다. 누가, 혹은 무엇 때문에 폭력을 행사하더라도 마찬가지이다. 살인이나 간음죄가 무엇 때문에 저질러졌는지, 또는 누가 범죄 했건 한 사람이 하든 또는 수백만의 사람이 하든 죄임에는 틀림없다. 왜냐하면 신 앞에서는 모든 인간은 동등하고, 신의 규범은 예외나 단서가 없고, 때와 장소에 따라서 변하는 인간의 법규와는 다르기 때문이다.

신의 법규는 땅에서 하늘까지 퍼져가는 것이다. 그것은 번개가 동에서 번쩍하는 것과 같이 서에서도 번쩍이는 것이다. 그리스도교도로서는 항상 죽이는 자가 아니라 죽여지는 자임이 나은 것이고, 폭력을 행하는 자보다 폭력으로 고통을 받는 자가 나은 것이다. 만일 사람들이 나를 비방하거든 그리스도교도로서의 나는, 나도 예전에는 남을 비방한 때가 있었다고 생각해야 할 것이다. 그리고 신이 나를 죄로부터 구해 주고자 시련을 주신 것이라고 생각하여야 한다.

만일 사람들이 정의를 행하는 나를 비방하거든, 그것이 나에게는 좋은 일을 더해 주는 것이다. 왜냐하면 나는 그로 인해 진리 때문에 고뇌하는 자들과 동료가 되었기 때문이다. 인생을 위하여, 진리를 위하여, 자유를 위하여 싸우는 자의 동료가 되기 때문이다. 자기의 영혼을 악으로서 구제할 수는 없다. 악의 길을 통하여 선에 도달할 수 없다. 악에 악으로 대항하는 것은 악을 더욱 강하게 할 뿐이다.

　죄와 악에 이기려고 하면 그와 반대되는 정신에 의하여 가능하다. 즉 정의와 선에 의하여서만이 가능하다. 선과 또는 인내와 고뇌에 의하여서 악을 물리칠 수 있는 것이다. 그러나 사람들은 그리스도교의 규범에 의하여 생활하지 않고 있다. 즉 이해, 겸양, 자기 희생, 관용, 동포애에 의하여 생활하지 않는다. 사람들은 야수적이고 동물적인 생활을 하고 있는 것이다. 즉 힘에 지배되는 생활을 하고 있다. 그리스도교도와 그리스도교를 배척한 자들은 오래 전부터 인생에 대하여 반대되는 생각을 가지고 존재해 왔다. 그리스도교도답게 산다는 것은- 인간을 사랑하고, 남에게 선을 베풀고 악에게 조차도 선으로 대함을 의미한다.

　우리들이 매일 그리스도교 정신으로 살고자 노력할 때 사랑과 행복이 더 짙어질 것이다. 선과 악에 대한 이해의 구별을 해결하고, 두 가지 길을 명확하게 나누는 것이다. 하나의 참된 길은 그리스도의 길로 마음에서 우러나는 사색의 길이다. 그것은 곧 삶의 길이다. 다른 길은 허망한 악마의 길로 온갖 위선의 길이며, 곧 죽음의 길이다. 무저항주의인 십자가 정신에 입각하여 악에 대한 희생을 각오하는 것이 구원을 받을 수 있는 길이 되는 것이다. 그리고 이 길을 지속적으로 행하기 위하여 부단한 노력이 필요하며, 생명의 빛에 대한 믿음을, 신앙인의 희망을 잊어서는 안된다.

악에 대한 무저항주의는 삶을 지키거나, 자기가 남의 노동을 지키지 말라는 것은 아니다. 그것은 높은 이상과 지혜를 가지고 있는 존재에 대하여 모순되지 않는 방법으로써 모든 필요한 것을 지키는 데 불과하다. 삶을 고수하고, 자신의 위치를 지키기 위하여 대항하는 악인들에게 이지를 가지고 그들의 실재 생활을 깨우치게 하는 것이 필요하다. 그 방법은 자신의 정신적 완전성인 선으로서 형성되는 것이다. 그것은 또한 남에 대한 선, 사랑, 지혜의 빛 속에 작용하기 위하여 불가결한 것이기도 하다.

예를 들어 어떤 자가 살인하려는 것을 볼 때, 내가 먼저 행해야 할 태도는 죽게 되는 그 사람의 처지에 자신을 놓이게 해야 한다. 그리고 악에 대하여 이렇게 외친다.

"보라. 여기에 나의 가슴이 있다. 우선 나부터 죽여라. 내가 살고 있는 한, 살인이 행해짐을 보고 그대로 버려둘 수는 없다."

자기를 희생하여 남을 구출할 수 있다면 마치 불길 속에서 인명을 구출하거나, 물에 빠져 죽어가는 사람을 구하는 것은, 즉 자신은 멸하고 남을 구하는 것과 같은 일이다. 그리고 설령 내가 그렇게 하기에는 너무나 힘없는 방황하는 죄인일 뿐이라고 생각될지언정, 그와 같은 무력함이 다시는 죄를 범하는 권리를 내게 주지 않는다.

내면의 야수성을 깨우치고, 더욱 더 자기 마음 속의 무질서를 굳게 하여 이 세계에 폭력적인 악을 가져오고, 그럴듯한 이유로 그 무질서를 더욱 굳건하게 할 권리를 주지는 않을 것이다.

- 붓다

　　생물학적인 존재로서의 인간에게는 자유라는 말이 있을 수 없다. 그의 생 전체는 그저 원인의 연속에 연결된 고리와 같다. 그러나 정신적 실재로서 자신의 존재를 알고 있는 사람에게는 '부자유'라는 말이 있을 수 없다. 부자유라는 말을 이해하는 것은 이성이나 지성이나 사랑이나 양심으로는 불가능한 일이다.

## 1

진리를 알라. 그 진리가 너희를 자유케 하리라.

— 성경

## 2

악은 물질적인 자연에 의하여 존재하는 것이 아니고, 모든 이성과 지혜와 더불어 존재하는 것이다. 그리고 모든 인간에게는 선에 대한 인식이 부여되고, 선과 악에 대한 선택의 자유가 주어진 것이다.

— 아우렐리우스

## 3

인간에 대하여 일어나는 모든 일은 오직 모든 세계를 이끌고 계시는 신의 뜻에 의해서 생겨나는 것이다.

— 에픽테투스

## 4

고귀한 도덕성을 가진다고 하는 것은 정신의 자유를 얻게 됨을 의미한다. 항상 분노하고, 항상 무언가 두려워하고, 항상 욕정에 지배받고 있는 자는 자유로운 정신을 소유할 수 없다. 자기 자신에게 자부심을 갖지 못한 자, 자기 일에 열중하지 못한 자는 눈이 있어도 보지 못하는 자이며, 귀가 있어도 듣지 못하는 자이며, 먹어도 맛을 모르는 자이다.

- 공자

자유가 없다고 주장하는 사람은 색상이 없다고 말하는
장님과도 같다. 그들은 그 세계 속에서 사람들이
자유롭게 될 그러한 세계를 알지 못할 뿐이다.

## 5월 21일 선

**신을 믿기 위해서는 선을 행하기 시작해야 한다.**

## 1

지나가는 하루하루를 선한 행위로 채우라.

## 2

하루를 시작할 때 다음과 같이 시작하는 것이 좋다.

'오늘은 단 한 사람에게라도 기쁨을 선사할 수 있는 일이 없을까?' 그렇게 생각하고 시작한 하루는 절대로 보람없이 지나가지 않는다.

— 니이체

## 3

선행은 나의 의무다. 종종 선을 행하고, 선에 대한 자신의 의지가 어떻게 실현되는가를 주시하는 자는 결국 자기가 선을 베풀어 준 상대를 정말로 사랑하게 되는 것이다.

"네 이웃을 네 몸과 같이 사랑하라" 고 하신 예수의 말씀은 그대가 그를 사랑하고 나서, 그 결과로써 그에게 선을 베푸는 것을 의미하는 것이 아니라, 반대로 이웃에 먼저 선을 행하고, 그대의 선이 남에게 사랑을 불타게 하는 것이다. 선은 사랑하고자 하는 마음의 결과로써 나타나는 것이다.

— 칸트

## 4

선행을 시작하지 않는 한 그 누구도 선에 대한 의미를 깨우칠 수 없다. 그리고 가끔 선을 행하고 희생을 하지 않은 것은 진정으로 선을 행했다 할 수 없다. 항상 선을 행하지 않고는 아무도 선행 속에서 평안을 찾을 수 없는 것이다.

— 말티노

사냥꾼이 짐승을 찾듯이 항상 선행할 기회를 찾지는 못하더라도
선을 행할 기회가 온다면 놓치지 말라.

 **정신적 발견**

자연의 가장 큰 변화는 눈에 보이지 않게 이루어지는
법이다. 끊임없이 서서히 성장되어 가는 것이며, 한순간에 돌발적
으로 일어나는 것은 미약한 것이다. 정신생활도 그와 마찬가지다.

## 1

참된 사상은 끊임없이 이지의 영양분을 섭취하고, 변화하는
속에서 성장한다. 그러나 구름이 변하듯이 급격한 것이 아니라,
나무가 변하듯 서서히 변화되어 가는 것이다.

— 존 러스킨

## 2

지금 완전하다고 그것이 모든 시대에 적용되는 불변의 가치는
아니다. 모든 시대에는 그에 따른 제각기 완전한 가치 기준이
달라지는 것이다.

— 맬러리

## 3

인생은 끊임없는 기적 속에 성장하고 변화한다. 무엇에 의하여 변화하게 되었는가를 안다면, 인간은 자연의 비밀 중에서 가장 은밀한 비밀을 알아낸 것이다.

― 맬러리

## 4

모든 일은 서서히 눈에 보이지 않는 성장 속에서 진정으로 이루어지는 것이다.

― 세네카

## 5

인생이란 정신의 탄생이어야 한다. 현실의 가장 높은 것을 보여주어야 한다. 인간의 육체는 정신적인 것으로 바뀌어져야 한다. 생리적 사상(事象)은 사상(思想), 양심, 이지, 정의, 관용으로 변해야 한다. 구체적 물질이던 양초가 빛과 열로 변하는 것처럼 말이다.

― 아미엘

자기가 향상되었는지 아닌지를 걱정하는 것만큼 인격의 완성에
해로운 것은 없다. 참된 인성의 완성은 서서히 이루어지는 것이며,
인간은 오랜 세월이 지난 후가 아니면
자기의 향상을 알 수 없는 것이다.

**가난함에 익숙해지면 질수록, 빼앗기는 것에 대한 두려움은 사라진다.**

## 1

절제는 힘을 결핍시키거나 그 발전을 방해하는 것을 의미하지 않는다. 또한 선이나 사랑, 신앙의 성장을 중단함을 의미하는 것도 아니다. 그와 반대로 사람의 악을 방지하는 힘이 된다.

*– 존 러스킨*

## 2

연기가 벌을 몰아내듯이, 욕심은 정신적인 선과 이지의 완성을 추방한다.

*– 바실리 벨리키*

## 3

자신들이 원하는 것을 갖는 것은 큰 행복이다. 그러나 그보다 행복한 것은 우리가 가지고 있는 이외의 것을 바라지 않는 것이다.

*– 메네뎀*

## 4

어린 나방은 불에 타는 위험을 모르고 등잔불에 뛰어든다. 물고기는 위험을 모르고 낚시에 달린 먹이에 덤벼든다.

그러나 우리들은 불행의 그물이 펼쳐 있음을 예상하면서도 관능적인 향락에서 벗어날 수 없다. 이와 같이 인간의 어리석음은 한이 없다.

– 인도 속담

## 5

어떠한 자가 지혜로운 사람인가? 그것은 모든 것에서 무엇이든 배우는 자를 말한다. 어떠한 자를 강한 사람이라고 하는가? 그것은 스스로를 자제하는 자를 말한다. 어떠한 자가 부유한 사람인가?-그것은 자신의 몫에 만족한 사람을 말한다.

– 탈무드

## 6

향락은 슬픔을 가져온다. 향락은 공포를 일으킨다. 향락에서 벗어난 자에게는 슬픔도 공포도 있을 수 없다.     – 석가

인간이 자신의 요구를 제한하면 할수록,
그에게 있는 인간의 존엄은 더욱 증대되는 것이다.
그 결과 더 자유롭게 되고, 더 큰 에너지를 얻어
신과 인류에게 봉사하는 힘을 한껏 발휘할 수 있는 것이다.

## 5월 24일 사랑의 법칙

**사랑은 법칙을 세우는 것이 아니라, 자기 인생의 의미를 깨닫는 일이다.**

### 1

한 율법사가 예수를 시험하여 묻되, 선생님이여! 계명 중에 어느 계명이 중요합니까? 예수께서 말씀하시길 네 마음을 다하고 목숨을 다하고 뜻을 다하여 주 너희 하나님을 사랑하라 하셨으니 이것이 크고 으뜸되는 계명이요, 둘째는 그와 같으니 네 이웃을 네 몸과 같이 사랑하라 하셨으니 이 두 계명이 온 율법과 선지자의 강령이니라.

– 성경

### 2

의무를 가르치는 철학은 많은 기쁨을 가져다 준다. 구원은 의무와 행복의 일치에 포함되어 있다. 개인으로서의 의지는 신의 뜻의 결합에 포함되어 있다. 그리고 높은 의지는 사랑에 의하여 인도된다는 신념에 포함되어 있다.

### 3

남을 사랑할 때만이 정의로울 수 있다.

– 보브나르크

## 4

인생의 목적은 모든 현상 안에 사랑으로서 파고 들어가 뒤엉켜지는 것이다. 그것은 끊임없이 악을 선으로 바꾸는 과정이다. 참된 생활, 사랑의 생활의 창조인 것이며, 또 다른 사랑의 생활을 탄생시키는 일인 것이다.

## 5

그대가 행복하고자 할 때에는 가장 먼저 한 가지 일이 필요하다. 그것은 사랑하는 것이다. 자신을 희생함으로써 사랑하는 것이며, 모든 것을 사랑하는 것이다.

## 6

만일 그대에게 무엇인가 성취할 수 있는 힘과 능력이 있다면, 그것이 사랑으로써 나타나게 하라. 만일 그대에게 힘이 없고 약하다면 그 약함을 사랑으로써 이겨내라.

자기 자신의 마음을 가두고 있는 것을 모조리 깨뜨려 버려라.
그러면 사랑만이 남게 되고, 그 후에 사랑은 대상을 찾는다.
사랑은 그대 자신만으로는 만족을 하지 못한다.
사랑은 생명있는 모든 것을 대상으로 한다.
그리고 가장 생명있는 것, 즉 신을 대상으로 택할 것이다.

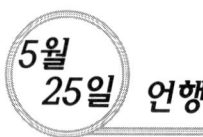

## 5월 25일 언행

**인간의 인격은 그 사람의 언행에서 볼 수 있다.**

### 1

누구든지 스스로를 경건하다고 생각하면서 자기 혀에 재갈을 물리지 아니하고 자기 마음을 속인다면, 그 사람의 경건함은 헛된 것이다.

― 성경

### 2

남의 결점이 눈에 보이는 것은 자기 자신을 잊고 있는 데서 오는 과오다. 우리들은 가끔 이웃을 비난하여 그를 손상시키는 실수를 범하며 산다.

### 3

남의 실수를 숨겨주고 그의 장점을 말하는 것은 사랑의 표현이다. 그리고 남의 사랑을 얻는 가장 좋은 방법이기도 하다.

### 4

남을 헐뜯고 자신을 칭찬하는 자의 말에 결코 귀를 기울이지 말라.

말을 하기 전에 다시 한번 생각해 보라.
부끄러움 없이 말할 수 있을 때라고는
자신이 침착하고, 선량하고, 사랑을 깊이 느끼고 있을 때
오직 그 순간 뿐이다.
그러나 그대가 침착성을 잃고, 악을 품고 호소한다면
죄를 범하지 않도록 조심하라.

## 5월 26일 죽음의 준비

　　죽음이란 삶의 종국을 의미하는 동시에, 평화롭게 되는 순간을 의미한다. 죽음은 우리들의 의지나 힘으로 막지 못하지만 후자, 즉 평화는 인간이 최후에 얻는 소망이기도 하다.

### 1

힘이 넘칠 때는 그대가 세상에 살고 있는 것이다. 그러나 병이 났을 때에는 그대가 죽음으로 다가가고 있는 것이다.

### 2

그리스도의 가장 위대한 말씀은 죽음을 앞두고 하나님을 모르는 자들을 위한 기도였다.

## 3

임종을 맞이하는 사람의 말과 행위는 사람들에게 큰 영향을 지닌다. 그러므로 훌륭하게 사는 것도 중요하지만, 죽음에 임하는 초연함도 그에 못지 않게 중요하다. 훌륭하고 순수한 임종은 생전의 그의 나쁜 생활을 보상하는 것이다.

## 4

무대 장치가 치워지면, 관중들은 현실로 생각되던 것이 실은 장식된 것임을 알게 된다. 우리의 삶 역시 꾸며진 것에서 다른 것으로 옮겨가는 것에 불과하다. 그러나 죽음의 순간에 있어서는 가장 진실해지는 것이다. 이런 의미에서 죽음의 순간은 중대하고 고귀하다.

죽음에 대한 준비를 하지 않으면 안 된다.
이 준비는 보통 우리가 생각하는 것과는 다르다.
그것은 세상의 예식이나 온갖 번뇌의 문제를
정리해두는 것만은 아니다.
가장 훌륭한 죽음의 준비는 다른 세계로 들어가는 순간,
그 죽음의 순간이 승리의 순간이어야 한다.
왜냐하면 죽는 자의 말과 행위는 살아 있는 자들에게
크나 큰 영향을 주는 것이기 때문이다.

# 소크라테스의 죽음에 관한 재판과 그의 변론

— 플라톤의 「변명」에서

소크라테스는 다음 두 가지 이유 때문에 고발당하였다. 하나는 그가 국교를 인정하지 않은 것, 그리고 하나는 그가 국교를 믿어서는 안 된다는 설교로 청년을 선동했다는 것이다.

소크라테스는 훗날 예수께서 당하신 일과, 많은 선지자, 인류의 선각자, 스승들이 경험했던 것과 같은 일을 당했던 것이다. 소크라테스는 사람들에게 그의 인식 속에서 깨달은 삶의 길을 가르쳤다. 그 길을 가르침으로써, 그 시대의 사회 생활의 기초가 되었던 거짓된 교훈을 부정하지 않을 수 없었던 것이다. 국가의 원로(元老)들의 대부분은 소크라테스가 가르친 교훈을 수용할 능력이 없는 자들이었다.

또한 그들은 그것이 참된 교훈인 줄 알면서도, 그들이 신성시하는 신에 대한 비난을 받아들일 수 없었던 것이다. 또 그들이 만든 질서가 폭로되고, 붕괴됨을 사전에 막고자 소크라테스를 법정에 출두 시켰다. 재판의 결과는 사형 선고가 확실했다. 소크라테스도 예견하고 있었다. 그러나 항변하지 않았다. 오히려 이 기회를 이용하여 원로들에게 자기가 왜 그렇게 행하였으며, 또 앞으로도 목숨이 붙어 있는 한 그와 같은 행위는 계속할 것이라고 선포할 것을 결심하고 있었다.

결국 재판관들은 소크라테스에게 유죄를 인정하여 사형을 선고했다. 조용히 그 선고를 듣고 있던 소크라테스는 재판관석을 향해 다음과 같이 말했다. "원로들이여! 대중들은 그대들이 어리석게 성 소크라테스를 사형에 처한다고 말한다. 사람들은 나를 성자라 말하고 있지만, 나는 대중들이 말하는 그러한 성자는 아니다. 그러나 대중들의 생각은 옳다. 그대들은 참으로 어리석게 나를 처형한다고 말하고 있다. 어차피 나는 얼마 후면 스스로 늙어서 죽음이 가까워질 것이며, 마침내 저절로 죽어 갈 것인데 말이다.

나는 내게 사형을 선고한 그대들에게 말하고 싶다. 그대들은 나에게 사형을 선고하고, 내가 죽음에서 빠져나갈 수단을 모르는 줄 알지만 그것은 헛수고다. 나는 그 방법을 알고 있다. 그러나 나는 그 방법을 원치 않으므로, 그 수단을 이용하지 않을 뿐이다. 그대들은 내가 원통해 울부짖으며, 정신없이 여러 말을 지껄여대면 기뻐하겠지. 하지만 나는 그것을 알고 있다.

법정이나 전쟁터에서도 정당치 못한 방법을 써서 목숨을 부지하려는 것을 나는 용납할 수 없는 것이다. 그것은 누구도 할 바가 아니다. 어떠한 위험에 처하든 자기 존재를 너무 아끼지만 않는다면, 죽음을 피할 수 있는 방법은 얼마든지 있는 것이다. 죽음을 피하는 것은 어렵지 않다. 오히려 악을 피하는 것이 훨씬 어렵다.

악은 죽음보다 훨씬 재빠르게 사람을 사로잡는 것이다. 그러나 나는 이미 노쇠하였다. 그대들은 힘이 좋고 빠르다. 그런데 그대들보다 훨씬 더 빠른 것이 있다. 그것은 악이며, 악이 그대들을 사로잡을 것이다. 그대들에게 선고받은 나는 죽음에 이르렀다. 동시에 그대들은 악과 수치를 선고받은 것이다. 그 악과 수치의 선고는 진리가 내리는 판결이다. 이와 같이 나는 나의 선고를 보고 있고, 그대들은 그대들의 형벌을 눈앞에 보고 있는 것이다.

다음은 나를 고발한 그대들에게 나는 말하고 싶다. 죽음을 눈앞에 두었을 때, 인간은 아주 분명하게 미래를 볼 수 있다. 그렇기에 그대들에게 말해 둔다! 내가 죽은 후에 그대들은 곧 형벌을 받을 것이다.

그것은 그대들이 내게 준 형벌보다 훨씬 고통스러울 것이다. 그리고 그대들이 생각지도 못했던 일들이 발생할 것이다. 그대들은 나를 처형함으로써, 내가 지금까지 견제해 왔던 그대들의 반대 세력들을 흥분시키는 일이 될 것이다. 나를 죽인다 해도 그대들의 악한 상황을 망각할 수는 없을 것이다.

남을 처형함으로써 자기의 악에 대한 비난을 피할 수는 없는 것이다. 그것을 피하기 위해서는 가장 단순한, 그러나 분명한 방법이 하나 있다. 그것은 선하게 사는 것이다. 이것은 나에 대한 비방자들인 그대들에게 이미 말해두고자 생각하고 있었던 것이다.

이제는 이 법정에서 나를 변호해 준 사람들에게 말하겠다. 그대들과 이야기할 수 있는 이 최후의 기회에 나는 어떤 놀라운 이야기를 해두겠노라. 그것은 지금 나에게 일어난 일이다. 내가 이 선고를 받으며 생각한 일이다. 나의 일생을 통하여 가장 중요한 때나, 가장 의미가 없는 때에도 나는 항상 마음속에서 어떤 신비스런 음성을 들을 수 있었다. 그것은 항상 나를 경고해 주어서 불행을 초래할 것 같은 행위를 제지해 주었던 것이다.

지금은 여러분이 보는 바와 같이 내게는 가장 불행이라고 생각할 수 있는 때가 다가왔다. 그러나 이 불행한 때에 그 순리는 내게 경고도 억제도 해주지 않는다. 내가 이 법정에 있을 때도 그 소리는 들리지 않는다. 이것은 무엇을 뜻하는 것일까? 나는 이렇게 생각한다. 지금 나에게 일어나는 일은 악이 아니라 행복이라고.

사실 죽음에는 다음 두 가지 중에서 어느 하나를 선택해야 한다. 즉 죽음은 의식의 완전한 소멸이며, 상실이라는 것과 또 하나는 영혼이 한 곳에서 다른 곳으로 옮겨 간다는 것 중의 어느 하나를 선택해야 한다. 만일 죽음이란 의식의 완전한 소멸이고, 꿈도 꾸지 않는 단잠이라면 죽음은 확실히 행복하다. 왜냐하면 온갖 공포와 걱정과 욕망 속에서 보내던 백일몽을 단잠과 비교해 본다면 반드시 단잠을 자던 밤이 행복하기 때문이다. 그러므로 만일 죽음이 이 같은 단잠이라면 나는 그것을 행복이라고 생각할 수 있을 것이다.

반대로 죽음이 이 세상에서 다른 세계로 옮아 사는 것이라면, 그리고 그 세계에서 나보다 먼저 죽은 성자나 현인들을 만나는 것이 사실이라면, 그 세상에서 그 사람들과 함께 사는 것보다 더한 행복이 어디 있겠는가? 그러한 세계로 갈 수 있다면 나는 한 번뿐만이 아니라 백 번이라도 죽기를 원할 것이다.

재판관 여러분! 그리고 그 밖의 여러분들이여! 나는 죽음이란 조금도 두려워 할 것이 아니라고 생각한다. 착한 인간에게는 그 생활에서나 그 죽음에 있어서도 악은 있을 수 없는 것이다. 또 나를 비난하던 자들의 목적이 나를 괴롭히는 데 있다고 할 때, 나는 그들-나의 비난자-에게 조금도 분노하지 않으리라. 그러나 때는 벌써 왔다. 나는 이제 죽으리라. 그대들은 여전히 살아가리라. 그래서 우리들 중에서 누가 착한 인간인가? 이것은 신만이 알고 계신다."

법정이 소크라테스에게 사형을 선고한 직후, 그는 사약(死藥)을 마시고, 조용히 제자들 사이에서 숨을 거두었다. 그의 임종에 관한 자세한 이야기는 그의 제자 플라톤에 의하여 대화 『파이돈』 속에 기록되어 있다.

## 5월 27일  재판

재판은 많은 경우 죄악의 노예가 되기도 한다. 죄를 다스리고자 하지만 결국 죄로 이끌어 가는 것이다.

### 1

재판이란 그저 사회를 현재의 상태로 안정시키려는 목적을 가지고 있다. 그 때문에 표준 보다 높은 자, 그리고 표준 보다 높아지기를 원하는 자를 표준 보다 낮은 자와 마찬가지로 처벌해 버리는 것이다.

### 2

인간이 세상의 모든 일을 다 할 수는 없다. 그러나 무엇이든 일을 하여야만 한다. 인간이 모든 일을 다 할 수는 없다고 해서 악한 일을 하여도 무방하다는 의미는 아니다.

– 소로

### 3

가끔 그대는 '어떻게 이러한 우스꽝스럽고 어리석은 상태를 지키려고 하는가' 라고 놀라는 일이 있을 것이다. 그것은 종교, 정치, 학문상의 상태를 통하여 볼 수 있는 일이다. 그러나 조금 더 그 모습을 관찰하면, 그것이 사람들이 자기의 상태를 지키려고 하는 습성 때문임을 알게 될 것이다.

어떠한 행위가 복잡한 논란을 일으킨다면,
곧 그것은 악한 행위라고 믿어도 좋다.
양심이 주는 결정은 바르고 단순하다.

## 5월 28일 행위의 결과

사람이 이룩한 행위의 결과는 결코 인간이 심판할 수 없다. 그것은 인간이 해낼 수 없는 차원이기 때문이다. 인간이 이룬 행위의 결과는 영원한 심판자인 신만이 할 수 있다.

### 1

우리의 행위는 우리의 것이고, 그 결과는 신만이 알 수 있다.

— 성 프란체스코

### 2

그대는 날품팔이 일꾼이다. 하루 일하고 그날의 보수를 얻으라.

### 3

자신의 의무를 다하라. 그리고 그 결과는 그대에게 의무를 주신 신에게 맡겨라.

— 탈무드

## *4*

인간은 모두 그 행위 자체만으로 존경할 만한 것이며, 착하고
위대한 것일수록 그 결과는 더욱 더 먼 곳에 있는 법이다.

*– 존 러스킨*

## **5**

예수께서는 자신의 가르침이 곧바로 평화를 가져오지 못할 것
을 알았으며, 반드시 칼로써 지상의 분열이 있을 것을 알고 있
었으므로, 눈앞에 나타난 악에 대하여 당황하지 않았다. 도리어
선과 악, 빛과 어둠의 충돌을 기뻐했다. 그리고 마땅히 빛과 선
에 황홀한 승리의 빛이 빛날 것을 믿고 있었다.

*– 표트르 스트라호프*

만일 그대가 자기의 과업에 대한 결과를 볼 수 있다면,
이미 그 과업은 아무런 의미가 없는 것임을 알아야 한다.

 **인간의 존엄성**

> 어떤 사람이 남을 굴복시키거나 은혜를 베풀어주었다
> 고 해서, 그것이 자타가 인정하는 존엄성이 되는 것은 아니다.

### 1

인간은 누구나 자기 자신에 대한 존경을 요구할 수 있다. 동시에 모든 인간은 그의 이웃을 존경해야 한다. 인간은 단순히 남을 위한 도구이다. 목적이 될 수는 없다. 여기에 인간의 존엄성이 있다. 그래서 인간은 어떠한 대가를 받을 수 있다 해도 자기자신을 팔 수는 없다. 그와 같이 모든 사람에 대한 평등한 의무로서의 존경을 거절할 권리도 없다.

모든 인간은 존엄성을 진심으로 인정해야 할 의무가 있다. 그리고 그 존엄성은 모든 사람과의 관계 속에서 표현하여야 한다.

- 칸트

### 2

대중에 대한 애고주의(愛顧主義)는 항상 전제주의를 수호하기 위한 것이었다. 왕권이나 귀족, 기타 특권을 정당화하기 위한 것이었다. 이 세계의 역사를 통하여 그것이 전제주의든, 공화주의든, 대중에 대한 애고주의는 오히려 대중에게는 압박을 의미해왔다. 대중의 노동력을 얻고자 대중에게 애고주의를 선전하는 것이다.

- 헨리 조지

## 3

가장 작은 일이 인간의 성격을 이루는 데 큰 영향력을 가지고 있다. 사소한 일이니 아무렇게나 해도 좋다고 말하지 말라. 진실하고, 도덕적인 사람만이 모든 작은 일의 의의를 알고 있는 것이다.

## 4

인간은 나약하다. 그리고 항상 애원하는 듯한 비굴함을 가장하고 있다. '나는 생각한다. 그러므로 나는 존재한다' 라고 말할 수 있는 인간을 거의 볼 수 없다.

― 에머슨

남에게 봉사하고 있는 자는 자기가 복종하거나,
사랑의 보호를 받거나, 은혜를 입고 있다고는 생각지 않는다.
그저 그는 스스로의 의무를 다하고 있는 것이다.

## 5월 30일 토지 매매

토지는 매매의 대상이 될 수 없다. 인간의 개성이 사고 팔 수 없듯, 토지를 사고 파는 것은 보이지 않는 개성을 매매함과 같다.

### 1

대지는 자연이 인간에게 준 고귀한 선물이다. 땅 위에 태어난 모든 인간은 대지를 공유할 권리를 가지고 있다. 이 공동의 권리는 아이가 어머니 젖가슴에 대하여 가지고 있는 권리처럼 자연스러운 것이다.

- 마르몽트

### 2

나는 대지(大地) 덕분에 태어났다. 그러므로 토지는 나의 일과 거주를 위하여 필요한 것을 얻도록 주어진 것이다. 나는 나의 몫을 요구할 권리를 가지고 있다.

### 3

남자나 여자를 막론하고 육체를 매매해서는 안 된다. 마찬가지로 토지, 물, 공기는 매매되는 것이 아니다. 왜냐하면 이것들은 인간의 육체와 영혼을 유지하는 데 없어서는 안되는 요소이기 때문이다.

## 4

토지를 매매하는 것은 큰 악을 범하는 것이다.

현재의 사람들은 이 세상에 이롭고 선한 것을 목표로
노력하지 않는다. 가능하면 많은 것을 자기의 것으로
하기 위해서만 노력하고 있다.

 **어리석은 인간**

다음과 같은 인간들을 가끔씩 본다. 사치할 줄 모르던 사람이 남의 시선 때문에 사치하거나, 항상 사치만 하기 때문에 웬만한 사치에는 만족하지 못하고, 오히려 다른 사람의 사치를 멸시하는 인간들이 있다. 그런데 이와 똑같은 어리석은 인간들이 있다. 인간의 기쁨을 하찮은 것으로 취급하는 것이 바람직한 인생관이라고 생각하고, 인생은 귀찮은 것이며, 자신은 다른 사람보다 더 좋은 일을 생각할 수 있다는 듯이 허풍을 떠는 인간이다.

## 1

고뇌 끝에 얻은 승리, 악이 선으로 변화되는 것, 이것은 신이 행하시는 훌륭한 기적이다. 이것은 참다운 창조이며 자비의 영원한 의지이다.

　악에서 선으로 바뀌어진 모든 영혼은 신이 베푼 역사의 상징이다. 행복, 구원, 영원한 생명, 신의 나라에 참여한 것 그것은 모든 문제의 해결이며 존재의 이유인 것이다.

　그리고 슬픔이 자랄 수 있듯이, 행복도 성장할 수 있는 것이다. 더구나 행복에는 제한이 없다. 행복이라고 하는 것은 사랑을 통하여 신을 발견하는 것이다.

- 아미엘

## 2

　우리가 육체적 세계 뿐 아니라 정신적 세계와 왕래할 수 있는 가능성이 주어졌다면, 인생의 큰 행복을 깨닫고, 그것을 보람있게 간직할 수 있다면, 우리들은 결코 그 이상의 것을 바랄 수 없을 것이다.

## 3

　신앙은 가장 은혜로운 기쁨이다.　　　　　- 레씽

## 4

　정신적 기쁨은 그 사람의 힘을 증명하는 것과 같다.

- 에머슨

## 5

　인생의 법규, 신의 규범을 파괴하는 자에게 그가 바라는 가장 큰 바람을 주어 보라. 그는 곧 불행한 인간이 될 것이다.

## 6

모든 인간에게는 태어나면서 가지게 되는 오류가 하나 있다.
그것은 우리들이 행복을 위하여 태어났다고 믿고 있는 일이다.

– 쇼펜하우어

우리는 인생에 대하여 불만을 느낄 조금의 권리도
가지고 있지 않다. 만일 우리가 인생에 불만을 느끼게 된다면,
그것은 그저 우리들이 자기 자신에게 만족스럽지 못한
그 어떤 원인을 가지고 있음을 의미하는 데 불과한 것이다.

## 톨스토이와 작품세계

러시아의 대문호 톨스토이는 1828년 툴라 현의 야스나야 폴랴나의 부유한 명문 귀족 가정에서 태어났다. 2세에 모친을 잃고 8세에 모스크바로 이주했으나, 그 해에 부친과도 사별한다. 친척에 의해 양육된 후 카잔 대학에 입학했으나 중도에 자퇴하고, 1847년에 고향에 돌아와 농민운동에 전력을 기울였다. 그러나 그 목적을 달성하지 못하고, 1851년에 카프카즈의 군대에 입대한다.

한편 창작에 몰두하여, 잡지 『동시대인』에 익명인 L.N.T로 자서전적인 처녀작 『유년시대』, 『소년시대』(1854) 등을 발표, 일약 유명해진다. 1854년 크림 전쟁이 발발하자, 군대에 자원하여 세바스토폴리 격전에 참가하고, 이 전쟁을 기초로 『세바스토폴리 이야기』를 집필하여 문명(文名)을 더욱 높인다. 1856년에 제대하여 페테르부르크와 야스나야에 거주하면서 당대의 유명 작가들과 교류를 가졌다. 1857년 서유럽을 여행 후 귀국하여, 『세 죽음』, 『가정의 행복』을 발표했다. 톨스토이는 이때 다시 농민에게 관심을 쏟아 농민의 자녀 교육과 농민의 이익을 옹호하는 『카자카』를 발표한다.

1862년 소피아와 결혼하고, 이 후 문학에 더욱 주력하여 『폴리쿠시카』를 저술하고, 『전쟁과 평화』를 완성한다. 이 소설은 나폴레옹의 모스크바 침공시대에 취재한 것으로 그 예술성, 내용의 깊이, 웅대한 구상 등에 있어서 세계문학사의 최고봉으로 알려진다. 그 후 제2의 대작 『안나 카레리나』를 집필, 러시아의 국가조직과 특권계급의 생태와 모랄을 비판한 최고의 걸작으로 평가받는다.

이 소설 이후 톨스토이는 정신적 위기에 봉착하여 과학과 철학에 몰두했으나, 결국 만족을 얻지 못한다. 그는 다시 종교에 마음을 기울여 자신의 종교적, 도덕적, 사회적 견해 뿐만 아니라 제정 러시아의 모든 가치를 재검토하고 국가 교회를 부정하여 초대 기독교로 돌아갈 것을 주장했다. 이런 세계관의 기초는 악에 대한 무저항, 선과 사랑에 의한 구원, 사회생활의 모든 경제적 형식의 부정사상 등 혁명의 부정과 결부되어 있다.

그는 19세기 말에서 20세기 초에 다시 예술적 향기가 높은 『문명의 열매』, 『부활』 그리고 희곡 『살아있는 송장』 등을 발표했는데, 『부활』은 만년을 장식한 대작으로 카츄샤의 이름은 전 세계에 알려진다.

그는 1882년 『참회』에서 내적인 고민과 절망을 해명하기 위해 눈물겨운 종교적 탐색과정을 적나라하게 고백하고 있다. 특히 말년의 시리즈 『나의 신앙』, 『사람은 무엇으로 사는가』, 『사람에게는 어느 만큼의 땅이 필요한가』, 『인생독본』 등에서 일관되게 드러난다.

그 중 『인생독본』(原題 : 讀書의 環 =서클)은 톨스토이의 사상과 도덕적인 경향을 총집약한 인생지침서라는 점에서 크나큰 의의를 지닌다. 1906년에 초판이 발행되고, 2년 후에 증보판으로 간행된 이 책의 머리말에서 톨스토이는 이 책의 목적을 "동서고금 사상가들의 위대하고 풍부한 철학을 이용하여 많은 독자들에게 보다 좋은 사상과 감정을 일깨워주기 위하여 매일 매일의 금언을 제공하는 데 있는 것"이라고 밝히고 있다.

이 책에는 톨스토이주의의 근간을 이루는 사상, 다시 말해서 민중의 신앙으로서의 초대 기독교, 악에 대한 무저항주의, 반국가, 반문명, 반토지사유론, 이웃에 대한 사랑, 선과 악, 신앙과 불신, 죽음과 삶의 의의 등이 톨스토이 특유의 설득력과 함께 알기 쉽게 풀이되고 있다.

이 책에는 그리스도, 마호멧, 석가, 공자, 노자, 탈무드 등을 비롯하여, 플라톤, 파스칼, 스피노자에 이르기까지 동서고금의 성현 철인들의 사상과 교훈이 인용되고 있다. 이 사상과 교훈은 톨스토이즘에 맞게 정리되고 흡수, 동화되어 절대적인 진리로 빛을 발휘하고 있다. 이것이 이 저서의 고귀한 가치이다.

『인생독본』은 인간성의 상실, 상호불신, 안정과 중심을 잃은 현대인, 이기주의가 팽배한 오늘날에 있어서 어둠 속을 비추는 한줄기 빛처럼 인생의 궁극적인 문제에 해답을 주고, 새로운 생활을 창조하는 데 청량제 역할과 등대의 구실을 해주고 있다.

레프 톨스토이는 1828년에 태어나, 1910년까지 82세란 긴 세월의 생애 동안 90여권의 저서를 남겼다. 그는 현재에도 전세계적으로 수많은 독자를 가지고 있으며, 도스토예프스키와 더불어 러시아 최고 작가로 인정받고 있다.

# 톨스토이 연보

| | |
|---|---|
| 1828년 | 8월 28일 모스크바 남쪽 200km지점 '야스나야 폴랴나'에서 니콜라이 일리치 톨스토이 백작과 마리아 니콜라 예비치나 사이에서 4남으로 출생. |
| 1830년 | 어머니 마리아가 톨스토이의 누이동생을 낳던 중 사망. |
| 1837년 | 모스크바로 이사. 아버지 니콜라이 뇌일혈로 사망. |
| 1841년 | 세 형과 누이동생과 함께 카자니에 있는 고모집으로 이사. |
| 1844년 | 카자니 대학 동양어학과에 입학하여 아랍어와 터키어 전공. |
| 1845년 | 동양어학과에서 법학과로 옮김. |
| 1847년 | 건강과 가정상의 이유로 대학을 중퇴하고, 고향에서 농사를 지음. |
| 1848년 | 모스크바로 가서 방탕한 생활을 하게 됨. |
| 1849년 | 다시 고향으로 돌아가 농사에 종사. 농민 자녀를 위한 학교를 세움. |
| 1851년 | 4월, 카프카즈에 가서 「유년시대」 구상. |
| 1852년 | 「유년시대」 완성. 군에 입대하여 카프카즈 원주민과의 전투에 참가. 단편 「습격」을 씀. |
| 1853년 | 크림 전쟁 발발. 단편 「도박자의 수기」 씀. |
| 1854년 | 「소년시대」 '세바스토폴리'紙에 연재. |
| 1855년 | 「1854년 12월의 세바스토폴리」, 「산림벌채」 씀. |
| 1856년 | 11월에 제대. 「1855년 8월의 세바스토폴리」, 「눈보라」, 「지주의 아침」, 「두 경기병」을 씀. |
| 1857년 | 1월 프랑스, 스위스, 독일 등 유럽여행을 떠남. 7월 귀국하여 농업에 종사. 「르프에르」, 「아르베리프」, 「청년시대」 발표. |
| 1858년 | 피아니스트 에르모르체 주재의 음악회 설립에 열중. |
| 1859년 | 「세 죽음」, 「결혼의 행복」 발표. |
| 1860년 | 독일, 프랑스, 이태리, 영국, 벨기에 등지를 여행. |
| 1861년 | 5월 귀국. 농노해방운동에 참여하여, 지주와 농민 사이의 분쟁을 해결하기 위해 노력. 야스나야 폴랴나 학교를 설립하고, 기관지 |

「야스나야 폴랴나」를 간행함.

1862년  9월, 모스크바 궁정의사 베루스의 딸 소피아 안드레예브나와 결혼. 「카자크 사람들」, 「꿈」, 「목가」, 「쿠리쿠시카」를 발표.

1863년  6월, 장남 세르게이 출생. 「진보와 교육의 정의」, 「코사크」 발표. 「전쟁과 평화」 착수.

1864년  10월, 장녀 다찌야나 출생.

1865년  「전쟁과 평화」 일부 발표.

1866년  5월, 차남 이리야 출생.

1869년  5월, 3남 레프 출생. 「전쟁과 평화」 완결.

1872년  「코카사스의 포로」, 「표트르 1세」 발표. 6월, 4남 뻬요르트 출생.

1873년  장편 「안나 카레리나」 집필 시작. 사마라 지방의 난민 구제사업에 헌신. 11월, 4남 뻬요르트 죽음.

1874년  4월, 5남 니콜라이 출생. 「국민 교육론」 발표.

1875년  2월, 5남 니콜라이 사망. 딸 우르울라 출생하자마자 사망. 「안나 카레리나」를 '러시아 통보' 紙에 연재. 「초등교과서」 1~4권 발행.

1877년  「안나 카레리나」 발행. 「참회록」 집필.

1878년  「안나 카레리나」 재판 발행. 「최초의 기억」 발행.

1879년  「참회록」 첫 부분을 발표. 러시아 내에서는 발행금지 처분을 받았으나 계속 집필. 평론집 「교회와 국가」 발표.

1880년  「독단적 신학비판」 발행.

1881년  도스토예프스키의 사망으로 충격을 받음. 「사람은 무엇으로 사는가」, 「요약 복음서」 발표.

1882년  「참회록」을 완성하여 '러시아 사상' 紙에 발표. 이로 인해 '러시아 사상'은 판매 금지됨.

1884년  「나의 종교」를 발표했으나 발행 금지됨. 6월, 3녀 알렉산드라 출생.

1885년  모든 저작권을 아내에게 양도. 아내의 힘으로 저작집 12권 발행. 「사랑이 있는 곳에 신이 있다」 발표. 「이반 일리치의 죽음」 착수.

1886년  「이반 일리치의 죽음」, 「어둠의 힘」 발표. 「인생론」 착수.

1887년  「인생론」을 발간했으나 발행 금지. 「크로이젤 소나타」 착수.

1888년  초등학교 교사가 되기 위하여 원서를 냈으나, 당국으로부터 거절을 당함. 막내 아들 이반 출생.

1889년  「크로이젤 소나타」, 「악령」 발표. 「부활」 착수. 논문 「1월 12일의 기념제」 씀.

1891년  중앙 아시아와 동남 아시아의 빈민구제를 위해 활약. 9월, 1880년

이후의 저작권 포기.

1893년 「무위」를 '러시아 통보'에 발표. 「종교와 국가」, 「기독교와 애국심」 발표. 「노자」 번역에 몰두.

1894년 「주인과 하인」 착수. 「카르마」, 「신의 고찰」 발표.

1895년 「주인과 하인」 발표. 막내 아들 이반 사망.

1896년 「그리스도의 가르침」, 「복음서는 어떻게 읽는가」, 「현대의 사회조직에 대하여」, 「예술이란 무엇인가」 착수.

1897년 「헨리 조지의 사상」, 「국가와의 관계」 씀.

1898년 「예술이란 무엇인가」, 「신부 세르게이」 발표.

1899년 「부활」 발표

1900년 「산 송장」, 「죽이지 말라」 발표.

1901년 소설 「부활」로 인해 종교회의에 회부되어 러시아 정교회에서 파문당함.

1902년 「종교론」, 「지옥의 부흥」 발표.

1903년 「무도회의 밤」, 「세익스피어론」, 「세 개의 의문」 발표.

1904년 노·일전쟁이 시작됨. 전쟁 반대론 「반성하라」 발표. 「유년시대의 추억」, 「하지 무라드」 발표.

1905년 「불타」, 「세계의 종말」 발표.

1906년 「인생독본」, 「세익스피어론」을 '러시아의 말' 紙에 게재.

1907년 「진정한 자유를 인정하라」, 「우리들의 인생관」, 「서로 사랑하라」 발표.

1908년 톨스토이 탄생 80년을 기념하여 많은 톨스토이론이 발행됨.

1909년 1월, 유언장 작성. 「사형과 기독교」, 「아이들의 지혜」 발표.

1910년 7월 22일 유언장 작성. 이것이 합법적인 유언장이 됨. 10월 28일 새벽 자신의 신념과 실생활 사이의 모순을 해결하기 위하여 부인에게 이별의 편지를 써놓고, 3녀 알렉산드라와 의사 마고비츠키와 함께 야스나야 폴랴나를 떠나 방랑의 여행길에 오름. 10월 31일 여행 중 폐렴이 발병. 리야잔 우랄 철도의 작은 역 아스타포보에서 내림. 11월 3일 최후의 감상일기를 씀. 11월 7일 오전 6시 5분 야스타포보 역장 관사에서 죽음. "진리를…… 나는…… 사랑한다…… 왜 저 사람들……." 이 그의 최후의 말이다. 11월 9일 야스나야 폴랴나에 묻힘. 유고로 「인생독본」 - 톨스토이 사상의 종합적인 도달점을 나타내는 주목할 만한 노작의 하나로 동서고금 성현들의 말과 톨스토이의 사상을 엮은 책 - 이 있다.